嵩山散文三十篇

燕堂老人文怀沙

张国臣 著

河南大学出版社

图书在版编目(CIP)数据

嵩山散文三十篇/张国臣著.—郑州:河南大学出版社,2012.5(2012.9重印)

ISBN 978-7-5649-0738-9

Ⅰ.①嵩… Ⅱ.①张… Ⅲ.①散文集-中国-当代 Ⅳ.①I267

中国版本图书馆CIP数据核字(2012)第090050号

英文翻译 张小羽
责任编辑 王四朋 廖尚可
责任校对 郑华峰
封面设计 王四朋

出版发行 河南大学出版社有限责任公司
地址:郑州市郑东新区商务外环中华大厦2401号
邮编:450046
电话:0371-86059712(高等教育出版分社)
0371-86059713(营销部)
网址 www.hupress.com
销　售 新华书店
排　版 郑州市今日文教印制有限公司
印　刷 郑州市今日文教印制有限公司
版　次 2012年5月第1版
印　次 2012年9月第2次印刷
开　本 889 mm×1194 mm　1/32
印　张 8
字　数 200千字
定　价 35.00元

能追无尽境　始为不凡人

——张国臣博士 2004 年考察嵩山　王小吾摄

著名篆刻书法家许雄志刻《嵩山散文三十篇》

目 录

第三编 中原崛起看登封

序　一

嵩山仰止

西方有一座令人敬畏的“神山”——奥林匹斯山，东方有一座令中华民族敬仰的“圣山”——中岳嵩山。

嵩山是“圣山”——

它居中原腹地，纳宇宙精华，乃华夏文明发祥地和核心传承区；乃儒学、道家、禅宗、武林集萃之地，古往今来当之无愧地承担着中华民族文化圣山的使命。

嵩山是天地大书——

25亿年前，当地球还在洪荒时期，它已横空出世。打开嵩山地层，就像翻开深厚无比的大地之书，太古、元古、古生、中生、新生，每一个地质年代都在这里留下清晰的印记。

嵩山是华夏文明之树的主根——

盘古开天地、女娲补天、伏羲画八卦、二郎担山赶太阳……众多神话传说，都能在以嵩山为中心的中原地区找到众多遗迹；距今9000年到7000年的裴李岗文化在嵩山地区有43处遗址，遗存之多、分布之密为全国之冠；距今4500年到4000年的龙山文化遗址在嵩山地区星罗棋布，王城岗遗址、八方遗址、颍阳遗址、杨村遗址、君召南洼遗址，像一个个星座闪耀在华夏文明的上空；人文始祖黄帝，诞生于嵩山余脉风后岭下的轩辕丘。他战胜蚩尤，一统华夏，定都于嵩山脚下。

唐尧、虞舜的重大政治活动，都是在嵩山地区完成的。尧晚年数次到登封箕山拜访许由，留下了箕山、颍水、洗耳泉、许由冢等文化遗址。帝尧巡狩阳城,并以百岁之高龄驾崩于嵩山脚下的登封阳城。帝舜曾迁都到登封负黍城。

大禹诞生于嵩山。

夏、商、周三代皆环绕嵩山地区建都。

嵩山是中华民族文化的发动机和孵化器——

佛教传入中国，第一个具有正统意义的寺院是嵩山玉柱峰下的“大法王寺”。

嵩山嵩阳书院,是宋代四大书院之首。理学家程颢、程颐在此讲学,使嵩山成为理学尤其是洛学的重要传播基地。北宋时,除二程之外,司马光、范仲淹、王曾、韩维、吕诲、范纯仁、李纲、朱熹等大儒也在此讲学，使儒学尤其是宋代理学在嵩山地区得以更为广泛地传播。

有专家说,中华文明的核心是中原文化,中原文化的精髓是嵩山文化,诚哉斯言！所以,我讲国学,讲着讲着就情不自禁地讲到中原;讲到中原,就会满怀崇敬地说起嵩山。

正是这样的机缘,当我接到张国臣博士的书稿《嵩山散文三十篇》的时候,我竟为之怦然心动！有人用散文、而且是散文集的形式,来说嵩山了！我的心,是为嵩山而动的！

这本书处处有来头,事事有考究,简直就是一部关于嵩山的辞典！

我认识张国臣博士,是因为我应邀到河南讲学的时候,许多人跟我提到这个名字。人们对我说,有个叫张国臣的人,是个官员,却酷爱文化,尤其喜爱嵩山文化,创立了一个叫做“少林文化学”的学派。在这个年代,竟然有人能够创立一个学派,那会是一个何等了不起的人物！

后来,我在一个学术活动中结识了他。果然,一表人才,气宇不凡,目光高远,举手投足,昂昂然大丈夫也！听其谈吐,使我敬畏。

此后,多次交往,得知国臣先生原本是登封人氏,是喝嵩山的泉水长大的。怪不得他如此聪慧,对嵩山如此情有独钟。我想到上面提到的那些出自中原和嵩山地区的历史人物，想到古往今来嵩山这片神奇的土地上发生的种种奇迹,更加相信地灵人杰之说。所以,当我听说国臣先生出了许多书,并汇成洋洋四百万言的九卷文集《嵩山的流泉》的时候,就不觉得奇怪了。更令我感动的是,今年五月,国臣先生向家乡中小学校捐赠自己珍藏的数千册图书,并为嵩阳高中捐赠图书馆,服膺于他"不为自己捞,只会往外捐"光风霁月般的人品,我欣然命笔,题写馆名—— "嵩阳高中张国臣图书馆"。我还听说,前不久,他又拿出政府奖励他为弘扬嵩山文化所作贡献的奖金和自己的工资六万元,捐资助学,帮助家乡十一名家境困难的孩子圆了大学梦。从国臣先生身上,我不仅参悟嵩山的神奥和伟大,让我更加相信天地人之间存在说不清、却又分明存在着的诸多"缘份"。

由是,我发出这样的咏叹:

高山仰止兮,吾尊嵩山。
嵩岳神奥兮,亿万斯年。
欲感嵩山之灵兮,问张国臣;
欲知嵩山之奥兮,读此美文!
是为序。

文怀沙

2011年12月9日匆草于北京

(作者为中国著名国学大师)

Preface I

Looking up at Songshan Mountain with Great Admiration

In the West, Mount Olympus is worshiped and known as "Mount of Gods" , In Central China, Songshan is venerated and viewed as "Holy Mountain".

Songshan is a "Holy Mountain".

It located in Henan province of Central China. As the origin of Chinese culture and the heritage of civilization, Songshan is the place where it nourishes the schools of Confucianism, Taoism, Zen, and martial arts. And of all times, it is fully entitled to be the Holy Mountain that takes the mission of bearing Chinese culture.

Songshan is an encyclopedia of Heaven and Earth.

Songshan burst onto the scene when the earth was still in its primordial stage 2.5 billion years ago. Songshan is just like a giant Book of Land. When you open it, every geologic age left its clear imprint right here: Time Immemoria, Proterozoic Era, Palaeozoic Era, Mesozoic, Cenozoic, and etc.

Songshan is the root of Chinese civilization:

Many myths and legends have scattered their relics here and there in Songshan area, such as "Pan Gu creates the heaven and the earth", "Goddess Nu Wa repairs the sky", "Fu Xi draws the Eight Diagrams", "Er Lang carries the mountain while chasing after the sun", so on and so forth.

Peiligang culture, dated 9,000 to 7,000 years ago, left 43 historical sites in Songshan area, ranking first in China regarding its number and density.

Longshan cultural sites, dated 4,500 to 4,000 years ago, dotted in Songshan area: Wangchenggang historic sites, Bafang historic sites, Yingyang historic sites, Yangcun historic sites, and Junzhao Nanwa historic sites are like constellations sparkling in the histry of Chinese civilization.

The Yellow Emperor, also known as the "Ancestor of Chinese and Chinese culture", was born in Xuanyuan Hill, which is located at the bottom of Fenghou Peak, as part of Songshan Mountain. He is the hero who defeated Chi You, unified China, and established his capital at the foot of Songshan.

Significant political activities of the Emperor Tang Yao and Yu Shun all took place in Songshan area. In Emperor Yao's late years, he came to Jishan in Dengfeng several times to visit Xu You, and left numerous cultural relics as Jishan, Yingshui, Xi'er Spring, Tomb of Xu You, etc. Emperor Yao used to carry out imperial inspections in Yangcheng in Dengfeng, which is located just at the foot of Songshan, and passed away there in his one hundred years of age. Also, Emperor Shun moved the capital to Fushu town in Dengfeng.

Da Yu was born in Songshan.

The very first three dynasties of China, i.e. Xia, Shang, and Zhou all established their capitals around Songshan area.

Songshan is the engine and the incubator of Chinese culture.

When Buddhism was first introduced to China, the very first temple within conventional concept is the "Da Fa Wang Temple", sitting right at the foot of Yuzhu Peak of Songshan.

Songyang Academy of Songshan crowned among the top of four Academies in Song Dynasty. Cheng Hao and Cheng Yi, the two most renowned Neo-Confucianism scholars lectured here, and made Songshan the very important dissemination base for Neo-Confucianism, especially the school of Luo. In Northern Song Dynasty, many other Confucianism scholars also lectured here, such as Sima Guang, Fan

Zhongyan, Wang Zeng, Han Wei, Lu Hui, Fan Chunren, Li Gang, and Li Xi. Their academic activities widely spread Confucianism teachings in Songshan region, especially Neo-Confucianism.

"The core of Chinese civilization lies in the culture of Central Plain, and the essence of the culture of Central Plain condensed in the culture of Songshan", some experts say. Nothing can be truer! Therefore, when I give lectures on Traditional Chinese Learnings, I cannot help dealing with the topics related to the Central Plain; and when it comes to the Central Plain, I always talk about Songshan with admiration.

As a result, I was moved and excited when I first received Dr. Zhang Guochen's manuscript "Thirty Proses of Songshan". He is writing about Songshan in the form of prose collection! I am sure that I was deeply touched by Songshan, and for Songshan!

This book can be called "a dictionary of Songshan", for there are studies and observations backing up every part of it, and there are researches and contemplations throwing light on each story.

Lots of people mentioned Dr. Zhang Guochen to me when I was invited to lecture in Henan. "There is a man named Zhang Guochen", people said, "who is a government official but is highly keen on the study of culture, particularly Songshan culture. He even creates an independent school called 'Shaolin Cultural Learning' ". I was wondering: nowaday, there is still a person who can establish a totally new school of learning! He must be somebody!

Later on, I happened to meet Dr. Zhang in an academic event. As expected, he is a man of wisdom and talent. His graceful manner revealed his charming turn of mind. What an outstanding man! His pleasant address and elegant style have gained much respect from me.

After that meeting, we have got contact with each other. I learned that Guochen was born in Dengfeng, and the spring of Songshan nurtured him. No wonder he is so wise and intelligent! No wonder he has such a crush for Songshan! In my mind pop up all those historical figures from the Central Plain and from Songshan area mentioned above, together with all the miracles in the wonderland of Songshan throughout the ages. "The propitious place creates the remarkable man", indeed, just as the saying goes. With all these being noted, I can't say that I was astonished to know that Guochen has published plenty of books, and especially the collection of "The Spring of Songshan" of 9-volume with 4 million words. However, I have to say, what moved me most is that Guochen donated thousands of his beloved collection of books to the middle and elementary schools in his home town this May, and he also funded a library in Songyang High school. In admiration of his righteous character that "not getting, just giving", I happily inscribed "Zhang Guochen Library of Songyang High School". In addition, I heard that not long ago, he, again, made an educational donation of 60,000 RMB, which is his salary plus the award granted by the government for his contribution in the dissemination and promotion of the culture of Songshan. He has helped 11 kids in poverty to realize their "college dream". From Guochen, I cannot help contemplating the inspiration of the greatness and the mysteriousness of Songshan, and most important of all, I am convinced that there must be some kinds of "complex" among the heaven, the earth, and the human being, which is unable to explain, but obviously exists.

Thus, I chant:

Of all the mountains, I admire Songshan most.

It is mysterious and miraculous for billions of years!

If you want to have a taste of Songshan, ask Zhang Guochen;

If you want to know the secret of Songshan, read his beautifully written proses!

Wen Huaisha

Dec. 9, 2011,Beijing

(Wen Huaisha, Renowned Great Master of Chinese Culture)

序　二

嵩高惟岳

天地之中，有嵩山焉。嵩山挺立大地中心，巍峨耸峻，上摩天际，成为中原地区的自然地标与文化景仰物，所谓“高山仰止”是也。因而，与鲁南人对泰山的深厚情感一样，大约中原人提起嵩山，没有不油然而生向往之情的。

由于鼎峙中原，嵩山自古以来被赋予了特殊的观念内涵。所谓中原，系炎黄部族最初筚路蓝缕的祖居地和由来之地，她孕育了华夏部族的根脉，发源了中华民族滂沛的历史文化长河。嵩山则为中原之天柱，又称嵩岳，《诗经·大雅·嵩高》所谓“嵩高惟岳，峻极于天”，她因而荣膺“中岳”称号，遂居中国“五岳”名山之首，为历朝历代君臣民氓所尊崇。于是乎，在国人“中岳——中原——中州——中土——中国——中华”的观念链中，嵩山成为“天地中心”之征象、民族表记之寄托，她作为古人宇宙概念的外化物象，聚合成中国人尤其中原人的原始心结。

我与嵩山的情感牵惹，始于幼时的登岳。我从小认识的山就只是嵩山。郑州旁侧无大山，黄河南岸的邙山，尽管由于刘邦项羽楚汉争霸、在这里发动的鸿沟大战而颇负历史盛名，毕竟只是一条丘陵土包，远远当不起“山”的称谓。再远的就是嵩山了。记得少时乘车前去游访，视界里于青葱原野间忽然拔地而起一座混莽苍峻、雄浑陡峭、目极不能尽、飞鸟不能升的高山，不禁凛然惊惕、肃然起敬、神魂精魄俱为之摄！车止登封县城(今登封市)，然后攀爬太室山峻极峰，深入白云间而返，下眺山脚古城堡如棋盘，留下终生印象。后父亲因乡谊研究唐代诗人岑参行迹，终日考究其中的太室山、少室山、启母阙地理方位和人文内蕴，使我多了一些对嵩山的质感。长而踏访中原古迹，多绕嵩山回环。先于其北麓瞻观偃师酒流沟宋壁画墓、巩县宋陵石翁仲队列、密县打虎亭汉壁画墓，仰面即见嵩阴山形。后绕至南麓深入其腹地，多次踏勘中岳庙祭天露台、嵩阳书院大将军汉柏、少林寺塔林与达摩洞、郭守敬观星台，始知嵩山与中原文化渊源深厚。

我河南大学中文系77级的同学张国臣为登封人，少时即与嵩山之体相摩相接、相生相感，以后长期工作在中原地区，来往驰骋、时或回乡，出入嵩山腹里，更为其精气氤氲激荡。又好古喜文，四处游历必有诗咏文颂，因而深究嵩山自然地理、文脉情思，成地域散文三十篇，约为一集，命余作序。我因一己之嵩山情结，又以同窗谊，因稍为之凝思殚虑，欣然命笔耳。

初睹国臣散文，入眼尽是自然意象：山麓红叶、涧底流泉、林隙风形、柏间塔影、书院晨雾、佛寺晚钟，举凡嵩山昼晦神态、四季风景，处处可品，事事入诵。国臣在用他一颗体贴的心感受着嵩山的温情，把发现的目光印满了她的每一个皱褶。然而国臣的辞情又不止于山川风物，更深入到其历史文化的厚重肌理，因事而见史，以事而出识，于是论随景出，逞文命意，笔墨踪及禅宗、道教、儒学、天文、地理、建筑、武术、医药、经济，地覆海涵，颇多哲意，把文章做成了学问。虽然理胜于情，未全合我口味，然系统梳理嵩山人文历史，弘扬特殊地域文化，亦成为触摸中原文化原旨的一次有益尝试。尤为吸引也感动我的，是国臣行文的敦朴浑厚风格，以及文中始终一以贯之的昂扬向上之气，它氤氲在这篇篇文辞里，也如影随形地缠绕在国臣的人生路途之中。我由是看到了一个嵩山之子从坎坷山径上一路走来，艰苦跋涉、披荆斩棘、风尘仆仆、毫无懈怠，终于积跬步而至千里、聚细沙而成坚塔，成就了今天事业的辉煌。古话曰文如其人，其国臣之谓乎？

打开这本书，慢慢地读，细细地品，听张国臣说嵩山的博学、聪慧而又朴实无华的话语，于是我们就随作者一起行走于崇山峻岭之上、探幽于峡谷深壑之间、沉醉于文化渊薮之中，能不美景与遐思与共、感悟与感动并生，其乐融融乎？

廖　奔

2012年3月15日于燕山脚下

（作者为中国文联副主席，著名作家、评论家）

Preface II

Songshan, the Only that Boasts on their Extreme Hight

Songshan sits in the center of heaven and earth. The Mountains are stretching straight into the sky, touching the cloud, and becoming the natural landmark and cultural totem of the Central Plain in China. So indeed, this is precisely what is called "Looking up at the high mountains, just as great admiration to integrity". Just as the deep affection that people of Southern Shandong Province pour to Taishan Mountain, everyone in Central Plain admires Songshan when this grand name is mentioned.

Situated in the Central Plain, not surprisingly, Songshan has been attached with special meaning down the ages. The Central Plain is the ancestral land and the origination of the ancient tribes Yan and Huang. It nurtures the roots of Huaxia, and is the headstream of the historical civilization of the whole Chinese ethnic peoples. Songshan Mountain, also called Songyue, is the Sky-Pillar in the Central Plain, which is best recorded in the ancient classic "The Book of Songs-Daya-Songgao" as "Only Songyue can boast on their extreme hight, for they rockets right into sky.". All these bring Songshan Mountain the crown called "Zhong Yue", literally means the Center of Mountains, which ranks the first in "Wu Yue", also known as the Five Great Mountains of China, and make Songshan the Honorable Mountain worshiped by the Emperors and the peoples of all times. In Chinese people's chain of thoughts that goes as "Zhongyue (Center of Mountains) - Zhongyuan (Central Plain) - Zhongzhou (Central States) - Zhongtu

(Middle Earth) - Zhongguo (China) - Zhonghua (The whole Great China)", Songshan symbolizes "the Center of Heaven and Earth", and is in some sense, the logo of the spirit of Chinese people. As the external object of the concept of "universe" for the ancient, Songshan binds the original "love knot" of Chinese people, people of Central Plain in particular.

My emotional connection with Songshan comes from the climbing experience when I was young. As a child, the only mountain that I knew was Songshan. There is no real "mountain"near Zhengzhou city. Mangshan, locates to the southern bank of the Yellow River, can at most be considered as a series of hills, thus far from deserves the name "Mountain", although it is very well known due to the historical fact that the Honggou War between Liu Bang and Xiang Yu was initiated here. Then, a little further from Zhengzhou comes to Songshan Mountain. Still fresh in my mind is how shocked I was when I was driven to Songshan and saw such high-rise and steep mountains standing abruptly off the green plain. The giant mountains are so great that are out of reach of my eyesight, and are far beyond the limit of birds. I cannot help being amazed by the spirit of the mountains that rush towards me! In Dengfeng, I climbed up high above the cloud and reached the Junji Peak of Taishi Mountain. Looking down, the ancient town looked like a chessboard, peacefully lying at the foot of the mountain. All these beauties and magnificent sights left me with a life-long impression. Some time later, my father started to do researches on the travel routes of Cen Sen, a famous poet of Tang Dynasty. My father focused the geographical and cultural connection of Taishi Mountain, Shaoshi Mountain, and Qimu Que Gate. His research provided me with a wider exposure to the knowledge of Songshan. During my regular visits to the historical sites of Central Plain, most of the times, I would stroll around Songshan and enjoying the views. My steps start with the fresco tomb of Song Dynasty locates in Jiuliu Gou in Yanshi, which is to the north of Songshan, then to the Shiwengzhong stone statutes that line up in Song Mausoleum in Gongxian, and then to the fresco tomb of Han Dynasty in Tiger-Fighting Pavilion in Mixian, I can see the shape of Songshan simply face up. Winding up to the south side of Songshan and down into the mountains, I would come into the terrace for worshiping heaven in Zhongyue Temple, appreciate the "General Cypress" in Songyang Academy, "Pagoda Forest" and Dharma Cave of Shaolin Temple, and visit Guo Shoujing Observatory. All these study tours make me realize how deep and profound the culture of Songshan and Central Plain is.

Zhang Guochen is my classmate in Henan University class 77'. Born in Dengfeng, raised in Dengfeng, and has been working in Central Plain area, he touched and felt Songshan when he was young, and was embraced by Songshan's spirit when he went back to his hometown from time to time. He also enjoys history and writing. Poems and prose are the "must" products during his each and every trip around China and around the world. His connection with Songshan, and his passion for writing drive him digging into the culture and the geography of Songshan intensively, and make his accomplishment of this collection of 30 proses with outstanding regional characters possible. With my affection to Songshan and my friendship with Guochen, I happily accepted his asking for me to write this prescript for this book.

First time reading Guochen's prose, all kinds of nature images flash into your mind, such as the brilliant red maple leaves covering the mountains, the mountain creeks, the wind sweeping through the forest, the temple hidden among pine trees, the morning fog casting on libraries, the night bell of ancient Buddha temple, so on and so forth. Each story describes and captures a different image and aspect of Songshan. Guochen embraces the affection and gentleness Songshan offers whole-heartely, and leaves his observant and appreciation view on every fold of Songshan. However, you can never say that Guochen's emotion and sentiment just stop at the nature's offerings, such as mountains, rivers, wind and all. He provides insight into the historical and cultural rationale and implication hidden behind the preface of the modern Songshan, thus manage to reveal history from appearance, derive justifications out of consequential phenomenon. Consequently, his theory and thoughts flow naturally with the scenery and the description. His writing is so broad and profound, and touches upon varies areas including Buddhism, Taoism, Confucianism, astronomy, geography, architecture, martial arts, traditional Chinese medicine, economy, etc. Indeed, Guochen builds academia upon his articles. Though his approach emphasizes on reasoning rather than feeling, which I cannot say fully suits my taste, still I have to admit that his writing systematically introduces the humanitarian history of Songshan by promoting the special regional culture through a pioneering view on the original purpose of the culture of Central Plain of China. What attracts and moves me most is his simple, honest, sincere and in-depth writing style, and the enthusiasm that runs all the way through his articles. Not only does such spirit blooms through his words, it also seeped and amplified in Guochen's life. What I see, is a son of Songshan, stumbling down the bumpy trail of mountains, overcoming difficulties and obstacles, enduring, persisting, paving thousands of miles step by step, building the solid foundation from scratch, and finally, accomplishing the remarkable achievements in his career. Just as the old Chinese sage said "the writing style reflects the man", doesn't it describe Guochen?

Please open this book and read slowly, try to taste it with patience. Listen to Zhang Guochen's introduction, get to know his wisdom and enjoying his words, you will feel following the writer hiking on steep mountains, exploring between valleys, and being immersed in cultural atmosphere. How can we not both be visually and spiritually satisfied? How can we not feel mind blowing while sentimentally touching? How can we not being truly delighted?

Liao Ben

March 15, 2012, Beijing

(Liao Ben, Vice-chairman of China Federation of Literary and Art Circles, Well-known Writer, Literature Critics.)

第一编

天地之中定登封

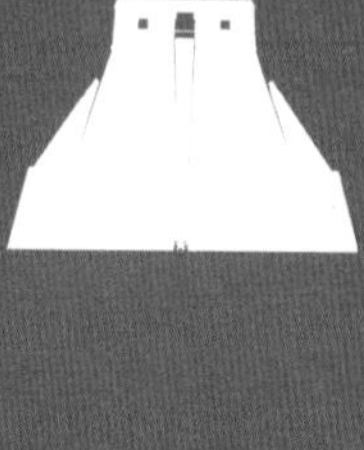

嵩山赋

噫吁唏，巍乎高哉！黄河、洛河交汇之南，中岳嵩山凌空拔起！其层峦叠翠，连绵耸跃，形如腾龙。那峻极主峰海拔1491米，犹似威武强壮之巨人，屹然耸立云天！

嵩山之古，称祖诸山。36亿年前，当大地还在沧海横流时，她已横空出世，历阅宇宙寒暑、人世沧桑，屈指古、险、奇、奥，实难以亿年计算。君不见，那起落有致黑白相间的麻片岩石，将太古、元古、古生、中生、新生五纪地质现象一览无余，五世同堂欢聚，世界罕见！那葱茏峻峭的太室山、少室山，那枝叶繁茂的周代将军柏，那相倚相连的七十二峰、七十二寺，记载着多少美丽动人的传说故事！山与水交融，人与山和谐，儒圣孔丘、佛祖释迦、道宗李耳，天人合一，三教融汇，结亲朋代代，留下千古良缘美谈。

嵩山文化，神奥源远。青山大笔如椽，峭峰染墨，写下华夏文明无数锦绣诗篇。君不见，轩辕黄帝新郑创立农业文明，夏启阳城建立中国第一个奴隶制国家的都城宫殿，周公迁九鼎于洛阳威定中原，初祖达摩少林创立中国佛教禅宗，女皇武则天峻极峰封禅中岳大功告成，一代帝师寇谦之居太室修炼三十载革新“天师道”，司马光、范仲淹、程颐、程颢嵩阳书院创立新儒学，育出贤达万千……

俱往矣！时代在前进，科技在发展，中岳嵩山唱响世纪新曲，须与时俱进、开拓创新，再造新河山！

2000年1月

【吴元成评】

纵横捭阖，气势磅礴。句句见景见典，多有创新之笔，更兼独到之思。

【杨万林评】

情动而辞发！开篇强烈咏叹、直抒胸臆，结尾豪迈奔放、展望升华；自豪之情满怀，畅快之意顿出。

腾龙嵩山

嵩山地质天下奥

中岳嵩山是创造嵩山文化的基础。中岳嵩山气势磅礴,嵩山文化博大精深,堪称万山之祖,五岳之尊。

嵩山是中华民族5000年厚重文化的博物院,是中华民族灿烂文明的发祥地之一。从旧石器时代到夏、商、周,以至秦、汉、唐、宋、元、明、清,嵩山地区都保留了大量的文化遗存,其中不少文物系中国瑰宝,世界闻名。

嵩山的地理位置何在?

嵩高飞峙大河南。嵩山位于中国中原地区西部的丘陵地带,总体呈东西向,长达60公里,层峦叠嶂,危崖高耸,壁立千丈,如同天上飞来之巨龙,横卧黄河南岸。

嵩山之名何来?

嵩高维岳。嵩山,在中国历史早期的唐尧和虞舜时代,称之“外方”;夏代早期,谓“崇山”;商周时期,又称之“大室”;西周末称之“嵩高山”,此名源自中国第一部诗歌总集《诗经》中的“嵩高维岳,峻极于天”。因居中国五岳之中,故称嵩山为中岳。

嵩山的地质年龄如何?

五世同堂震寰宇。嵩山之古,称祖诸山。在36亿年前,当地球还在沧海横流时,嵩山就已横空出世。地球之“太古”、“元古”、“古

嵩山太古代登封片麻岩——“飞流直下”

生”、“中生”、“新生”五代的地质现象在嵩山一览无余，它是世界上罕见的地质“五世同堂”。神奥无比的嵩山吸引着众多的地质学家和名人贤士前来游览、探秘。

嵩山的地理形状如何？

嵩山由两座山组成，共有72峰。东为太室山，最高峰峻极峰，海拔1491米；西为少室山，最高峰御寨峰，海拔1512米。太室和少室，像巨人之双臂伸开，拥抱着中岳大地……

嵩山的山体主要石质如何？

嵩山的山体岩石复杂繁多，主要是石英岩岩层。石英岩原是由流水沉积的砂岩变质而成的，在形成的过程中，它经受了长期的地壳运动，包括地层的褶曲和断裂。游人如果攀登太室山嵩顶，在登山的过程中便可以见到嵩山的石英岩岩层，有的直立，有的倾斜，有的皱曲如波浪起伏，有的断裂如刀劈斧削，壁立千仞，千姿百态，仪态万方。这些石英岩层的走向大体上近于南北向，好像一个人把一叠扑克牌面东背西竖立在那里，但没有扑克牌那么整齐，它有些零乱，有些还折曲了。这是人们初步的印象，少室山的形态也大体如此。但是在少林寺一带，游人可以看到另外一种现象，那就是少林寺的后山五乳峰，其地层的走向正好相反，为东西走向，就好像在原先那一叠面东背西竖立着的扑克牌的北边，斜盖着另一叠扑克牌，它从北向南盖过来，一直盖到少室山的北坡山腰上。

这种地质现象给人们一种什么启示呢？

地球在运动中是不断变化的。嵩山，一定是先有南北走向的岩层作为基础，然后东西走向的岩层才能够盖上去。少林寺以北的五乳峰岩层(以石灰岩为主)属于地质史上的寒武纪，距今只有5亿到6亿年；而太室山和少室山的主体岩石，地质学家们管它叫做嵩山群，其绝对年龄值就大得多了，有15亿年以上。但这还不是嵩山地区年纪最大的岩石，年纪最大的岩石没有在太室山上，也没有在少

嵩山古元古代石英岩——“壁立千仞”

室山上，它们被这两座大山的嵩山群石英岩压到下面去了，成了嵩山的基础。它们在高山地带没有显露出来，但在嵩山南麓的登封市区以西和以北较低的小山及丘陵地带却可以看到。

这是一些很像花岗岩但又具有黑白相间的条带和条纹的岩石，它们大都是断续相连，地质学上称之为片麻岩。这些片麻岩在嵩山地区有一个专名，叫做登封群。登封群最古老的岩石是太古代时期由海底基性岩浆喷发作用和酸性岩浆侵入作用共同构成的登封群花岗绿岩，年龄在距今36亿~25亿年，筑就了嵩山的结晶基底。嵩阳书院、嵩岳塔寺、法王寺、会善寺等都位于登封群花岗片麻岩地带，所以这一带没有什么高山。

地质的变化是多样的。嵩山地区的中岳庙即与嵩阳书院不同。从地表看，它位于第四纪也就是最年轻的土、石等沉积物上，其实它的地基下面是嵩山群石英岩。中岳庙后面建有黄色庙宇的小顶山，也是嵩山群的石英岩，同嵩山主体的岩石性质是一致的。登封市城区以东的山岭基本上都是这种坚硬的岩石，向北到崇福宫、野猪坡一线以东也是如此。崇福宫附近的启母石，也属于嵩山群的石英岩。所以，它能够屹立数千年而没有被风化作用的侵蚀所破坏。

存在决定意识，我们根据嵩山地区的地层和岩石性质，按照地质科学的原理，对于嵩山形成的历史便可以推断和想象出这样一幅图景：

嵩山的基底岩石形成于地球发展的早期阶段。它们可能是那时候大量的火山活动、岩浆活动的产物。到目前为止，人们还没有发现它们之中保存有任何当时生物的遗迹。那时候地球表面空气中氧也很少，水分也不多，可能同现在许多行星体的表面情况差不多，不适于生物生存。大约在距今25亿年前后，这里的地壳发生了一次剧烈的运动，地质学家们称这次运动为“嵩阳运动”。

嵩阳运动以后，地壳下降到海平面以下，于是开始了巨厚的嵩山群地层的沉积，这个过程大约经历了十几亿年。现存的嵩山群地层厚度达到2100多米，其中由于地壳升降、风化剥蚀等原因，可能损失了一些。这一段时期属于地质史上的元古代早期，那时地球上最原始的生物如菌藻类植物慢慢开始形成，在它的后期才开始出现一些原始动物。

如此，一直到距今18亿年前后，地壳又发生了一次运动，史称“中岳运动”。巨厚的石英砂岩开始慢慢隆起，并且褶皱成山。这一次地壳运动的推挤力量来自东西方向，所以嵩山群的地层都被推挤成近南北走向的褶皱了。褶皱作用很强烈，有的岩层甚至被挤得直立了起来，这在太室山和少室山的南侧都可以见到。这一次地壳运动也产生了一些断层。

高山大海是地球变化的产物。中岳运动之后，嵩山地壳又慢慢地被夷平、下降。我们考察嵩山地质，可见开始是沉积粗大颗粒的砾岩，以后是砂岩、泥岩，一直到含钙镁质的石灰岩。这一切，都说明这里的地壳开始被海水淹没了。

大约距今五六亿年的时候，地壳又发生了一次“少林运动”，这才结束了地质史上的元古代，进入古生代。这次运动的证据在少林寺西山可以见到。少林寺所处的位置正代表着地质历史上的一个转折点，寺的前面是元古代地层，寺的后面是寒武纪地层。

从寒武纪到奥陶纪，嵩山地区仍然被海水深深地覆盖着。又经过了2亿年左右，这里的地壳开始升到海平面以上，遭受风化和剥蚀，在石炭纪时形成了含煤地层，一直到二叠纪，在嵩山的南北两侧都沉积了这种地层，成为现在这一地区的主要煤田。接着是三叠纪的陆相砂页岩沉积。在这个时期，发生了一次延续很长时间的地壳运动，它影响到我国南北方许多地区，当然嵩山地区也在内，这一次运动叫做“燕山运动”。我国现在的许多山脉，都在这次运动中形成了目前的基本格局。嵩山地区这一次是作为秦岭东延的一部分，受到了南北方向力量的推挤，形成了一个背斜构造，就是以东西方向为主轴拱了起来。如果把南边的箕山、北边的黄河北岸的山脉算在一起，情况更清楚。即这三条山脉为背斜(拱起带)，黄河和颍水所流经的地方的地层便相对下降(下降带)，形成向下弯曲，在地质学上叫做向斜构造。总的来看，为三个背斜构造夹着两个向斜构造。

从那时候至今，嵩山地质的基本格局没有多大变动，只是山区仍在缓慢上升罢了。

燕山运动受南北方向力量的推挤，在受力部位不均匀时，便发生断折。这次运动除了形成嵩山南北两侧，特别是南侧的东西向大断层外，还使得山势形成壁立千仞的悬崖陡壁，于是嵩山便挺拔峻峭、高出云端、美丽多姿。根据力学原理，当力作用于一个物体时，在与作用力相交为45°左右的斜线方向，应该出现两组剪切断裂，地层也是如此。果然，嵩山出现了走向为北西方向的大的断层。沿着这条断层，少室山相对于太室山南移了一段距离，这便是少室山较太室山更靠南一点的原因。这一条断层基本上相当于两山之间的近南北向的从峨岭口到登封市城区附近的沟谷地带。颍水上源便发源于这一带。

我们从嵩山地质的形成可以看出，不变与变都是相对的，也是有规律的。“物质决定精神”，从中，我们悟到了地球的“变化”、社会的“进化”、人的“成长”，以及嵩山文化的“与时俱进，开拓创新”，不都是如此吗？有词《沁园春·嵩山》赞曰：

大河之南，飞峙嵩岳，峻极于天。似巨龙腾起，二十亿年。两室耸屹，三湖透蓝；五世同堂，汉柏枝茂，七十余峰寺绵连。面壁石，刻滴水精神，千古永传。

横空出世光耀，劲书华夏文化巨篇。看炎黄拓荒，夏启建都；周公移鼎，武后封禅。达摩传经，守敬观星，司马范程育儒贤。再辉煌，须与时俱进，创新巍然！

2006年1月

【吴元成评】

此可谓嵩山地质形成的简史。沧海桑田，变化使然，信哉！这是一篇严谨的科普文章，非深入研究不能为之。

【杨万林评】

六个设问，分层递进。作者在文学的语境中对嵩山地质做了一次诗意的漫游！几十亿年的变迁，仿佛就在眼前，石头活了，时空近了，规律见了！

登峻极兮小天下

登山可以陶冶性情、强身健体，其乐无穷。而登嵩山，则另有心得。

从郑州出发，走郑少高速公路，不多时，映入眼帘的即嵩山东峰太室山。

据传，禹王的第一个妻子涂山氏生启于此，故称之为“太室”（室，妻也）。太室山南麓万岁峰下有启母石，石前有东汉安帝延光二年（公元123年）建造的启母阙，阙铭记载了禹王治水的史实，这可真是珍贵文物啊！

我曾多次站在启母阙前，感受禹王治水、为民造福的精神！

太室山从西往东数，有“太白”、“观音”、“玉柱”、“卧龙”等36峰，其嵩顶名“峻极峰”，乃以《诗经·嵩高》“峻极于天”为名。后因清高宗乾隆游嵩时，曾在此处赋诗立碑，则又称“御碑峰”。

“三十六峰如髻鬟，行人来往舒心颜。白云蓬蓬忽然合，都在虚无缥缈间。”古人吕守曾，把太室山36峰比做妇女的环形发髻，实是恰切。

到嵩山，一定要登太室山主峰峻极峰。

登峻极峰的主路有三条，我都走过。

1993年秋，我任郑州市委办公厅主任，带领机关的同志沿明代徐霞客登峰路线，从“老君洞”北上，饱览“石船”、“云城”、“一线天”、“炼丹庵”美景，走过“十八隈”险崖，登上“羊鼻梁”陡坡，直攀峻极峰。沿途可见壮观的山势、宜人的风景，瞻仰古代著名道士潘师正的炼丹居所和无极神像，体会徐霞客登峰遇险之状——“吾目不使旁瞬，吾足不容求息也”。我写诗记之：“披霞踏石船，午过十八盘。山呼不绝耳，奇径峰下看。鲤鱼冲天跃，大风歌云端”。

2002年春，我任河南省社会治安综合治理委员会办公室主任，和作家吴元成、杨万林及家人从万岁峰东侧直上峻极峰。这是汉武帝刘彻登嵩山之道，太险了！西汉元封元年(公元前110年)正月，汉武帝刘彻加封中岳神后，从此登山。他看到巨大的启母石，增添了文治武功的豪气；他听到风吹松涛之声，群臣皆曰是“嵩呼万岁”，即命名启母石后山峰为“万岁峰”。

2005年元月，我任河南省委政法委常务副书记，和探险英雄李成林、牛宪运等走清乾隆皇帝登嵩山之路。我们从“卢崖瀑布”攀上，过“一线天”狭窄石缝，经“青岗坪”松林，渡铁链峡深谷，摸悬崖“阎王鼻梁”，拍下无数奇松怪石之图片，直达峻极峰！

嵩山峻极峰本身就是一首好诗！

宋代文学家范仲淹曾与欧阳修、梅尧臣有登高履胜唱和之作，极言太室山峻极峰之雄伟壮观。

范仲淹在《自峻极中院步登太室中峰》中吟道：“白云随人来，翩翩疾如马。洪崖与浮丘，襟袂安足把。不来峻极游，何能小天下？”作者登山远眺，西有少室山耸峙，南有箕山面拱，前有颍水奔流，北望黄河如带。倚石俯瞰，脚下峰壑开绽，山峰间云岚瞬间万变，美不胜收，大有“一览众山小”之势。

梅尧臣看着盛景，则抓住太阳西下的瞬间，唱和《登太室中峰》：“日夕望苍崖，崭崭在天外。及来步其巅，下见河如带。半壁云树昏，山根已滂霈。”诗人从远处看，太室中峰像在天外；从上往下

著名画家秦岭云画嵩山『山村行脚』

看,黄河窄小如衣带;而那山腰还是云霭茫茫时,山根已是洪水奔流了。此诗极言太室之高险!

欧阳修则从峻极峰上的中天池入笔写道:“高步登天池, 灵源湛然吐。俯窥不可见,渊默神龙护。静夜天籁寒,宿客疑风雨。”大步登上天池,只见天池中的清碧泉水不停地往外吐冒,然而仔细寻找泉水源头却又不见了,其沉静似有神龙保护。

笔者2004年1月27日作《再登峻极峰》:“天蛙啸天天尤蓝,仙峰聚仙仙更欢。汗洒云梯凌峻极,虹飞嵩腰映万山。”

欲访嵩山奥,不妨登峻极。登临峻极峰,心旷神怡,眼界顿高,真可谓登峻极而小天下!

2006 年 2 月

【吴元成评】

三登峻极, 步移景换。而作者诗篇与三大家酬唱之作相映成趣,别有洞天。

【杨万林评】

大家吟咏,个人唱和,登高而望,感由心生。文章融情于事,融情于诗,让人于愉悦中领略美景,升华思想!

宇宙俱瞻中岳庙

松柏森森庙宇古，太室神阙秦汉祠。
配天作镇苍生福，宇宙俱瞻兴衰史。
老树叶茂铁人在，新道改革谦之始。
子晋驾鹤吹笙来，中岳又到辉煌时！

我用诗写了中岳庙。

笔者和著名学者周鸿俊先生曾多次考察研究太室山前的中岳庙。每去一次，我们都有一种神奇之感：由低到高，由基到殿，由废到盛，由人到神……

嵩山道教建筑文化，充满生活辩证法。

中岳庙是中岳嵩山的岳神庙，始建于秦，增建于西汉，迁徙于北魏，兴盛于唐宋，废弃于元朝，重修于明清，面积11万平方米，为五岳祠庙之冠！

中岳庙的第一进中华门，为木建牌楼。它的原名叫“名山第一坊”，1942年改为现名。此门内外分别写有“依嵩”、“带颍”、“嵩峻”、“天中”八字，准确地说明了中岳庙所处的地理位置。

中华门前，有两座小亭，遵民族美学原则，对称而立。两亭内各有一石人，高约1米，名谓“翁仲”，是古代勇猛的将军，职在守卫看门。且不要小看这对“翁仲”，其头戴平帻，身着长袍，腰束革带，手持剑矛,栩栩如生,乃东汉所刻。其轮廓古朴,造型大方,是研究汉代雕刻艺术和衣着服饰的珍贵文物。

走过中华门,即见一亭。此亭为八角重檐亭,琉璃瓦覆盖。亭虽小,但有坚固之基,基高达1.85米。四周有砖砌花墙护围,且亭之南北各筑有青石台阶12基。说其精工,只见那亭檐下面的枋木和雀替之上,雕有透花的人物和戏曲故事多幅,给建筑增添了古朴典雅之气。人们伫立此亭,向中岳之神遥遥参拜,此亭故名“遥参亭”。

遥参亭之后是天中阁,为明代建筑,原为中岳庙大门,气势巍峨,背负太室,异常壮观。天中阁亦有坚固之基,基墩高7.44米,面积174.66平方米,面为砖砌,烘托出天中阁之雄伟。阁台下砌有3座高大宽阔的圆券洞式大门, 厚大的双合门扇上装饰着每个重1.5公斤的大虎头铁钉126个。门口筑有大月台,月台前沿有石雕望柱和砖砌花墙,两侧对称的屏壁上有麒麟、孔雀和二龙戏珠砖浮雕,烘托出天中阁之雄奇。天中阁是一座建制5间、精致秀丽的重檐歇山式绿琉璃瓦房,通高约18.04米。阁坊两侧均砌有登阁梯道,阁台四周砌有1米多高的女儿墙。登上天中阁,居高远眺,真如清代诗人李天发所描绘一般:“建阁高天地,乾坤入卷帘。窗含秋日暮,槛湿细云峦。石经皆成豁,长松欲拂檐。时时起烟雾,风雨出山尖。”难怪人们名之曰“天中阁”。嵩山为中岳,正当天下之中,此阁真乃名副其实啊!

天中阁又称“黄中楼”,其周围之建筑也是对称的。楼前后有“名山第一坊”、“配天作镇坊”,楼左右有“福国门坊”、“佑民门坊”。楼、坊布局严谨,颇具匠心。这岂非凝固的“和谐”艺术?

让我们看看这“配天作镇坊”吧! 此坊为清代初年重修的木结构建筑,原名“宇宙坊”,1979年落架翻修。它坊起3架,庑殿屋顶,雕琢华丽,覆盖的琉璃瓦在古柏丛林之中显得分外辉煌。此坊正楼额书“配天作镇”,两边次楼门额分别书写“宇宙”、“具瞻”。在古辞书中,四方上下谓之宇,古往今来谓之宙,宇宙为一切存在的总体。此坊展现了中岳神之威灵,配合上天以镇大地之邪,存在之万物尽在眼中,谁能不从中感受到中岳神灵的伟大呢?

“崇圣门”取崇拜中岳圣帝之意,那“化三门”则颇有哲理。清崔应阶《重修嵩山中岳庙碑记》言:“化三门者,取三才天、地、人变化之义。”按照事物运动之规律,天、地、人三者是在不断发生变化的,不变是不可能的,只有把握住它们的变化规律,才能立于不败之地。细琢磨,中岳庙内的建筑称谓,真有深刻之寓意呢!

在中国的五岳中,唯有中岳庙内有一组特殊的建筑,称“四岳殿台”。这四座砖石结构的台子,各方围50米,上面原有殿堂,形式华丽,分别供有风、雷、雨、云神像,可惜于1944年被日伪反动军队拆除一空,仅存平台、柱基和石雕栏杆,现已修葺一新。这四座殿台按顺时针方向,分别象征东岳泰山、南岳衡山、西岳华山、北岳恒山,与中岳嵩山一起合为五岳,有五岳并存、五行俱全之意。

中岳庙中心院落的大门叫峻极门,为清乾隆年间(公元1736~1795年)重修。门面阔5间,进深2间,五彩斗拱,歇山绿瓦,雕梁画栋,气宇轩昂。门口两侧,有两尊高5米、腰围4.8米、手执大斧、形象威严的“守门将军”。我曾问同行道人:“为何这两位将军一个红脸,一个白脸?”道人说:“那红脸将军叫朱海,白脸将军叫李用。二人执法甚严,在汉武帝刘彻游中岳时,武帝恃强违犯了庙规,待他走到峻极门时,被西边的朱海将军挡住。武帝的一个侍从急忙从小门进到大殿,对天中王说武帝被挡。天中王快步走到峻极门旁,怒问朱海:‘人间皇帝来了,为何挡驾?’朱海说:‘他违犯了庙规。’天中王不分是非,竟一掌打在朱海脸上,使用特权,把刘彻请进。这朱海将军的脸就此红肿起来,成了紫红脸。李用将军见坚持正义竟遭如此下场,气得脸都白了。这样,把门的两位将军就有了一红一白两种颜色的脸。”听了道人讲的传说,同行者都笑了。这人间有不平之事，神间也有不平啊！

在中岳大殿前的中轴线上，有一砖石砌造的方台。2004年7月6日，在这里，我们曾向江泽民同志介绍：这座台边长10.97米，高1.32米，为砖石砌造；台中央方台叫“填台”，填者为土星，中央戊巳土为黄色，寓意中岳的坐落方位为五岳之中，站在此即真正到了嵩山之中。台之前有“嵩高峻极坊”。台之左右各有八角重檐黄琉璃瓦亭，那是清乾隆年间(公元1736~1795年)建造的，檐坊彩绘，造型秀丽，素雅大方，不失为清代宫式建筑的精品。台之东亭名“御香亭”，台之西亭名“御帛亭”，两亭内各刻有清高宗乾隆御书的石碑一通，故名“御碑亭”。

江泽民同志大悦，题写“千古岳秀”赞之，人们刻碑立之永记。

走过“填台”，经过一条雕有“独龙盘踞”、“二龙戏珠”、“群鹤闹莲”的垂带式踏道，就可登上一座高约3米的石砌大月台。有如此之高的台基，中岳大殿更见雄伟！中岳大殿增修于宋真宗大中祥符六年（公元1013年），殿外有石雕栏杆，面阔9间，进深5间，上下檐分别施7彩和5彩斗拱，形式和北京故宫内的太和殿相似。站在殿内往上看，天花板饰有彩色图案，上有“盘龙藻井”一口，四边用木雕小斗拱砌后成攒尖形，上嵌卡一块雕有“独龙盘踞”的板面，龙首高昂，龙体下垂，龙须卷扬，相传系柏木树根雕刻而成，巧夺天工。殿地为青石所铺，光滑似镜。大殿正面神龛雕刻华丽，有7间房之大，中央坐像为大周女皇武则天加封的中岳大帝天中王。天中王塑像高约7米，气质非凡，仪态慈祥；两边站立的为老少侍臣，或执笏牌、奏章，或捧宝剑、印玺，神态生动；神龛外站两位镇殿将军，一个叫方弼，一个叫方相，姿态赳赳，气宇轩昂。殿内东侧的木架上，有明万历元年（公元1573年）铸造的大铁钟一口，重达千斤；殿内西侧的鼓架上，放置有直径2米的皮鼓一具。神龛壁后与后门相对处，立有一“坎”字碑，碑上阴刻一“坎”字，此“坎”字在八卦中寓意“水象”，意谓道家神水可以普降甘霖，可以灭火以救四方。大殿外檐下，悬有清代匾额多方，其中“威镇中岳”、“峻极于天”横匾，古朴典雅，昭示中岳之神威力无边……

在道教庙宇中，中岳庙使神与人的生活统一了。中岳大殿是天中王处理公务之地，公务之余，岳神也要休息。在中岳大殿之后，有一进深3间、面阔7间的歇山式黄色琉璃瓦顶建筑，此即“寝殿”，系武则天所封的天中王和天灵妃夫妇生活居住之地。这座明代重建、清代重修的建筑物，殿内顶棚镶嵌着绣绘清丽的腾龙和翔凤图案，神龛中有岳神天中王和天灵妃坐像，两侍女分立左右。两厢木榻上刻有龙凤图案，有天中王木雕睡像，天灵妃身着便服，陪坐在榻旁，榻外还站立着4个太监。如此生活写真，显示了中岳道教人神生活统一的特点。

中岳庙黄道长告诉我们，岳神天中王有办公、休息的地方，也必有学习之所。走出寝殿门，经过“日柏亭”，即到御书楼。这御书楼又名“黄箓殿”，是中岳庙最后一座殿宇，创建于明神宗万历年间(公元1573~1620年)，是道教贮存道箓之地。道教宣传的重点和宣传内容都保留在道教的典籍里。《道藏》中可见道教发展变迁的各个侧面，可见佛、道、儒三教之间互相影响、互相渗透的关系，各个时代的重要哲学思潮及其资料丰富了中国哲学史的内容。御书楼现存有《道经》等道教经典木刻版百余块及《说嵩》、《嵩岳庙史》、《学制》、《尊生》等双面刻字的木版千余块。其中《道经》版较大，长90厘米，宽28厘米，厚约5厘米，字径50厘米，刻制年代都在明末清初。这些珍贵图版历经沧桑珍存至今，堪称奇迹！

天人合一。站在御书楼回首望去，诸君可知道，从中华门到此，已高出数百米，已登到黄盖峰的半山腰了。

这里由低到高，

这里人神相同，

这里基台坚固，
这里希冀永远……

2006年3月

【吴元成评】

顺叙插叙，议论抒情，信手拈来；情景交融，富含哲思，成就美文。透视中岳殿宇之美、宗教之变、天人之合，真乃妙文也！

【杨万林评】

从建筑中顿悟生活辩证法，非有心者难为。人之所以伟大，就在于他有思想。作者之所以有成就，就在于他善思考。

著名画家王一汀画《最喜嵩阳书声朗》

最喜嵩阳书声朗

中岳嵩山是读书人的嵩山，也可以说，嵩山本身就是一本大书，而这本大书的核心章节就是嵩阳书院。

从登封县城往北步行，不多时即见中国宋代四大书院之一的嵩阳书院。

这里古柏森森，这里流水潺潺，这里高山仰止！

1972年，我在登封读高中，时常去嵩阳书院，常常感叹，这里真乃佛、儒、道文化荟萃之地，读书研究学问之所。

清晨，走过双溪河，看到翠竹挺拔，碑亭古苍。踏石阶步步登高，渐见“杏坛”之北，巨碑高竖，柏枝入云，朝霞映照。似远似近，不断传来朗朗读书声……

嵩阳有周柏，阅世五千岁。1993年5月，我陪全国政协副主席、澳门总商会会长马万祺先生考察嵩阳书院，看到西汉元封元年（公元前110年）汉武帝游嵩山时所封的“将军柏”，迄今近5000岁，仍枝叶茂盛、生机盎然，马万祺先生也是感慨万千。帝王遗封，饱历风霜，青翠尚留。武帝封的周柏，是千载以来人间兴衰历史的见证者！

将军柏之古、之大、之壮，令人惊讶！晨曦中，若发现其奇，更感到天之造化嵩阳：君若站在院中向北看二将军柏，那中间枝干顶端枝叶婆娑，状如“观世音东望”。

嵩阳将军柏

书院是我国封建社会特有的一种教育组织，在我国古代教育史上占有重要而独特的地位,具有举足轻重的影响。嵩阳书院始建于北魏孝文帝太和八年(公元484年),初名嵩阳寺,聚僧徒数百人。隋炀帝大业年间(公元605~617年)更名嵩阳观,为道教场所。唐高宗弘道元年(公元683年),皇帝李治以嵩阳观为行宫,曾两次拜访嵩山著名道士潘师正。到了宋代,人们经历战争之乱后,渴望稳定生活,追求宁静环境,名人学士多深入嵩山读书研究,皇帝嘉赏,书院大兴！宋至道三年(公元997年)赐名太室书院。宋大中祥符年间(公元1008~1016年),洛派理学大师程颢、程颐及历史学家司马光、文学家范仲淹等在此创立“新儒学”,聚生徒数百人讲学,学生多有政绩。宋仁宗景祐二年(公元1035年),重修太室书院,并赐额更名为嵩阳书院,以后一直是历代名人讲授经典的教育场所。明末书院毁于兵火。书院历经元、明、清各代重修,鼎盛时期,学田1750亩,生徒达数百人,清初藏书达86部万余册。清代末年,废除科举制度,设立学堂,历经千余年的书院教育走完了它的历程。但是,书院作为我国古代教育史上一颗璀璨的明珠,将永远载入史册。今天,这里为登封市教师进修学院所在，承接着历史的厚重，延续着儒家学风,培养出了一批批教育人才。

嵩阳书院的发展不就是一部中国教育文化发展史的缩影吗?

中国对联是诗词文化的精粹。在嵩阳书院的大门前,可见一副对仗工整之联:“近四旁惟中央统泰华衡恒四塞关河拱神岳，历九朝为都会包伊瀍洛涧三台风雨作高山。”此联36字,简要说明了嵩山及嵩阳书院的历史和地理方位,斯为读书人所撰,不由让人击掌叫绝!

1977年,我考上河南大学,毕业后留校执教。2001年,我读博士,任教授,曾带学生拜谒嵩阳书院。

读书人尊师。嵩阳书院尊孔子为圣。走过碑林,即可见“先圣殿”。殿中供儒学先圣孔子像。左右分立颜子、子思、曾子、孟子四大贤人石刻画像,可谓“群贤毕至”。殿中文字还介绍了儒学的产生、发展和影响,使人身处斗室,就能触摸到儒家学说的博大与厚重!

读书人创新。走过“先圣殿”,就是“讲堂”。这里是宋代理学大师程颢、程颐当年教导学生的地方。昔日二程讲课非常民主,学生可以自由辩论,以明白是非。他们吸纳众人智慧,与时俱进,对传统的儒学进行改革创新,创立了中国“新理学”。嵩阳书院为中国哲学的发展做出了重大贡献!

读书人敬贤。走过“讲堂”,有一座2米深的圆形“泮池”,池上一架拱桥可通南北。孔子的故居在泮水之滨,嵩阳书院修此池,纪念孔子是也。古代凡考中秀才的,都举行绕池一周仪式,表示效先师之法,修身、齐家、治国平天下。

读书人统道。走过“泮池”,可见“道统祠”。祠内供奉当年在嵩山地区巡狩的帝尧、治水的大禹、测影求地中的周公坐像。这些古圣先贤在历史的长河中灿若星辰,虽历经数千年,依然在中岳上空熠熠生辉!

读书人著述。嵩阳书院的最后一座建筑是“藏书楼”,可谓古代图书馆。师生们可在此查资料,研究学问,著书立说。大史学家司马光在此写过《资治通鉴》。试想,哪一个作家不喜欢静幽之地呢?

1996年,我陪时任河南省委书记的李长春考察嵩阳书院,他高度评价嵩阳书院:“真乃嵩山文化之宝!”

嵩阳书院有《大唐嵩阳观纪圣德感应之颂》石碑,为唐天宝三年(公元744年)刻立,高约9米,宽2.04米,厚1.05米,碑制雄伟,巍然矗立,迄今已有1200余年,被誉为“中原碑刻之冠”。碑的两侧、基石与额部雕刻的花纹异常细致。碑首分三层,篆刻额文,浮雕二龙戏珠、云气图案等。李林甫为之撰文,陈述嵩阳观道士孙太冲为唐玄宗李隆基炼取仙丹的事迹;唐著名书法家徐浩为之隶书,字态端正,笔法遒雅,刚柔适度。

人民是历史文化的创造者,也是评论者。唐巨碑的背面和两侧,有欧阳修的跋文及游人唾骂李林甫口蜜腹剑的刻辞。

周柏吐翠,唐碑无言。环顾嵩阳书院的历史和历代所至名人遗迹,不由顿悟读书为上、人格第一。谁能不贪不狂、不党不私、以德处事、立功立言,谁就可以获得圣贤之道!

幽幽古琴弹拨秦汉古韵,修竹掩映童叟围棋对弈。回望嵩山玉柱峰下的嵩阳书院,耳听风过密林,晨钟暮鼓犹存,更有那读书声历经千年仍绕梁不绝。余写诗《嵩阳书院》为证:

太室之阳双溪清,书院静倚玉柱峰。
云中唐碑记圣德,雨后汉柏写大风。
程朱儒理传天下,司马通鉴追史经。
满园春色催桃李,海纳百川五岳惊。

2006 年 4 月

【吴元成评】

把嵩山当书读,把嵩阳书院当核心章节认真品味,修养了身心,提升了境界。

【杨万林评】

循时间脉络,品嵩阳文化。以五个排比句点出嵩阳书院教育的特点,豪气贯文。由景到物,由物及人,由人至理,意蕴渐深,所悟"读书为上,人格第一",点出人生修身之本!

“天地之中”定登封

清人叶封有《测景台》诗：“自古阳城地，相传测景台。岳形当正落，石表定谁裁？太史推求法，元公制作才。土中千象纬，瞻望重低回。”

阳城者，今登封告成镇也。周朝初期，周公（姬旦，乃周文王之子、武王之弟）在营造东都洛阳时，曾在这里“求地中，测土深，正日影，以定四时季节”。他测地中的方法是立一个八尺的“高表”，以一个一尺五寸长的“圭”来量度日影，在夏至日中午，表的日影正好等于圭长，这就叫做“土圭测景”，“土”就是度量，“景”就是日影。也就是说，这一套仪器的比例是竖表等于8，横圭等于1.5。《周官·地官·司徒》载：“以土圭之法，测土深，正日景，以求地中……日至之景，尺有五寸，谓之地中。”

汉朝的郑玄把“土圭测景”说得很神秘：“日中而度之，地、影正等，天当中也。若影长于圭，则太近北，圭长于影，则太近南。近北多寒，近南多暑，近东多风，近西多雨。”如此神奇，难怪让文人墨客“瞻望重低回”了。

走进告成观星台，犹如进入了中国古代天文博物院。

我们的先祖生活在地球上，面对茫茫宇宙，看着那蓝天白云、酷暑寒霜和日月星辰的变化，在生活中不断作出些判断，总结出其运动规律。从远古起，人们便按照他们的认识和思维逻辑，来观察天空、描述宇宙，这样，就形成了具有浓厚的中国文化特色的天文学。她在中国古老的土地上发展，有着广泛而独特的文化意义：其一，产生阴阳合历和二十四节气，为农业生产服务，反映了实用性和实践第一的思想。历法和节气的产生是和人类的生活需要分不开的。早在原始时代，狩猎和采撷需要掌握动植物活动、成熟的规律，后来农业发展起来，就必须掌握天时季节了。我们的先人从观察天象、物候开始，渐渐建立起年、月、日的概念，为制定历法、排定节气、按时农耕和日常生活需要，打下了基础。周公测景台即为实物佐证。其二，带动了古代天文学的全面发展。以农业立国，掌握天时季节、制定历法至关重要。然而，历法的制定与改革又必须产生出新的天文仪器，进而促进天文学的全面发展。天文仪器是随着社会历史的发展而更新、进步的。

历史遗存记录了历史的进程。今天，我们在周公庙里看到的“周公测景台”，为唐开元十一年(公元 723年)南宫说按照周公时所说的比例建的，但比周公“土圭测景”又有发展。由于他把底座造成了方锥体，同日表加起来的长度比例为8，底座锥体基部外侧距中心点比例为1.5，夏至日中午日影投射只能达到基座外侧基线，所以地上无影，当地百姓习惯称之为“没影台”。古人认为“南极”是极热的地方，就把赤道地区作为南极，并且认为“南极”、“北极”之间距离为3万里。“周公测景台”测影1寸合1000里，1尺5寸，正合15000里，我们的先人确信嵩山此地为天地之中，所以把嵩山之神也封作“天中王”了。

“天地之中”定登封。元初科学家郭守敬为了改革历法，多次考察嵩山，在“周公测景台”以北约20米处，建立了观星台。郭守敬认为，“历之本在于测验，而测验之器莫先仪表”。在他的建议下，进行了从北纬15度到北纬65度之间广大地区的天文大地测量，史称“四海测验”。观星台建于元忽必烈至元十六年(公元1279年),是“四海测验”所建的27座观测台中的中心观测台,至今已有700多年历史。经过郭守敬等人的测量,编成了当时世界上最先进的历法——授时历,授时历所定的一回归年的长度为365日24 刻25分。一刻在当时相当于一日的1%,按现在的小时计算,合365日5小时49分12秒,同现代科学测定的一回归年长度365日5小时48分46秒相比仅长26秒,而与现今世界上许多国家通用的格里高利历(即阳历)相比,则一秒不差。而阳历是1582年由罗马教皇格里高利十三世颁行的,它比授时历晚了302年。由此可见,嵩山文化的内涵是何等的深,其外延又是何等的广,我们中华民族的聪明才智是何等了不起啊!1970年,国际天文学组织将月球背面的一座环形山命名为“郭守敬山”;1977年,又将中科院紫金山天文台发现的2010号小行星命名为“郭守敬星”。

我写诗《周公测景台》,赞之:

周公测景定天心,竖尺阳城量夏冬。
道通宇宙有形外,石蕴阴阳无影中。

1994 年 9 月

【吴元成评】

四海测验,勘定天地。从周公测景到郭守敬观星,遵循的是科学,彰显的是智慧,也成就了“天地之中”世界文化遗产。

【杨万林评】

测景观星,“天地之中”由此而来。作者追古问今,旁征博引。文中既有详尽的科学说明,字里行间又彰显其强烈的爱国主义情感。

著名篆刻书法家许雄志刻《天地之中》

放眼当上观星台

元代观星郭守敬，四海测量树丰碑。
嵩山南麓垒高表，颍河北阳建石圭。
呕心研制正方案，沥血精做计时晷。
授时历法惊世界，华夏科技耀日辉！

人类从来就没有放弃对天体宇宙的探询和对科学的追问，那浩瀚而神秘的星空也曾吸引中华先民的目光。位于太室山下登封市东南15公里告成镇北周公庙内的观星台，就是一个佐证。它是我国现存最古老的天文台，也是世界上著名的天文科学建筑物。

父亲张颍水1960年在登封四中任教。学校紧邻观星台，母亲王秋娥经常带着3岁的我去玩。年幼的我往台上爬呀、爬呀……

告成即典籍所记载的“夏都阳城”，乃我国进入阶级社会后第一个王朝夏建都的地方，也是我国第一个农民起义领袖陈胜的故乡。

周公庙门前有清乾隆十三年（公元1748年）建立的照壁，上嵌“千古中传”石额一方，由此可见其历史久远了。

周公庙大门前檐石柱刻制有对联：“石表寓精心氤氲南北变寒暑，星台留古制会合阴阳交雨风。”说明了庙内珍存的测景台和观星台“测影”、“观星”的作用及其天文科学价值。

是啊，在生产力低下的情况下，人们能观天星、测地中、建此台，不能不令人惊叹！

放眼当上观星台

进入大门，首先见到周公庙正殿，殿中祀周公像，殿前立“周公测景台”。小时候，母亲叫它“没影台”，当地老百姓也说它神秘，每年夏至日，测景台便没有影子。

《登封县志》中有关于“测景台”的记载。天地未分时，阴阳二气混沌为一实体。3000多年前，周文王第四子周公旦在此“测土深、正日景、求地中、验四时，启开混沌，道通天地，石蕴阴阳”，而后在临近“地中”的洛阳建立洛邑。唐开元十一年（公元723年），太史监南宫说来阳城，仿土圭旧制，换以石表石座。石表上刻“周公测景台”，以纪念周公。现存的这座测景台，通高3.91米，分上下两部分。下部是方形的石座，上小下大呈梯形锥体状，名曰“圭”，高1.95米；上部为长方形石柱，名曰“表”，高1.965米，合唐开元尺8尺。石表北面距石座上面北沿有0.37米，约合唐开元尺1.5尺。8尺之表，夏至之日，影长是1.5尺，从而算出当时测影所在地的纬度为34.3度，这一天的影长正好与石座北上沿的长度吻合，石座四周下部看不到影子，好像这一天无影。

石座背面有人题刻：“道通天地有形外，石蕴阴阳无影中。”难怪当地百姓称之为“没影台”。

测景台，1000多年来饱经风雨侵袭而岿然独存，令人回味、钦敬！

科技文化是随着历史发展不断进步的。在测景台后约20米处，有我国元代的“观星台”。

观星台建于元朝初年，由著名天文学家郭守敬主持建造。这是对测景台改革创新的产物，由“台身”和“量天尺”两部分组成。为提高测影的准确度，郭守敬把周代以来常用的8尺之表加高5倍，变为40尺的高表。

我观察观星台“台身”，为砖石结构，高大、雄伟、科学！台高9.46米，连小室通高12.62米。台顶四方形，每边8米；台基四方形，每边16.55米。台上四周有栏墙；台身北部有一条垂直的凹槽，竖通上下，甚为壮观！台两边有对称的梯道，道石斑驳，留下历史风雨的痕迹，我儿时曾多次在此上下。我看到观星台“量天尺”，紧连台身北部垂直的凹槽，又称“水轨”、“石圭”，由36块方青石平铺而成，长31.19米，上有两条平行水槽。郭守敬汲取周代测景台的科技智慧，在测日影时把两条平行水槽装水取平，在台上40尺的高处架横梁一根作为“景符”，依据“针孔成像”的原理进行测影。日中时，梁影通过“景符”投射在“石圭”之上，即为当天的日影长度。如此实地测验，郭守敬掌握了日月星辰和地球的运转规律，特别是测定出了夏至、冬至、春分、秋分等二十四节气的精确时刻，推算出一个回归年的长度为365.2425日，合今天的长度为365天5时49分12秒，并制定授时历在元代至元十七年（公元1280年）颁布全国执行，有力地推动了中国生产力的发展。

元代授时历是先进的。君不见，现代高科技仪器测定，一个回归年的长度为365天5时48分46秒，与郭守敬相测结果每年仅差26秒钟；而当今世界上通用的1582年所制公历格里高利历则与之分秒不差，但颁制时间上已晚我国300多年了。

元代观星台是郭守敬改革天文仪表和“四海测验”的实物见证，不但可以测日影，而且可以观星辰，在我国科技史上具有重要的研究价值，在世界科技史上也占有光辉的一页！

放眼当上观星台，养心且登观星台……

2006年5月

【吴元成评】

道通天地，石蕴阴阳。观星之举亦即“观心”。浩瀚宇宙，探索之旅从不曾停歇，“神舟”和“天宫”对接正是今日中国之壮举。

【杨万林评】

文以细节感人。文中“年幼的我往台上爬呀、爬呀……”，不仅形象生动，且给人启迪：路漫漫其修远兮。作者看似在对观星台作全面探索，实则是在弘扬坚忍不拔的奋斗精神！

嵩岳寺塔中国第一美

欲知中国古塔之美、建筑之奇，必当瞻仰嵩岳寺塔。因为它是中国最古老、最优美的砖塔！

1994年5月，我陪原国家主席杨尚昆同志考察嵩岳寺塔。过了嵩阳书院，登上高坡，即见嵩岳寺塔向我们招手。

中岳嵩山南麓嵩岳寺，初名闲居寺，原为北魏皇室的离宫，后改为佛寺。嵩岳寺内的嵩岳寺塔，建于北魏永平年间(公元508~511年)，是我国现存年代最早的密檐式砖塔。

“嵩岳寺塔距今已有1400多年，经多次风雨地震，但仍雄伟矗立，真是罕见！”杨尚昆同志频频点头。

嵩岳寺塔高36.778米，边长2.81米。这种正12边形角塔，是我国各类塔中的一个孤例。

嵩岳寺塔是创新的产物。我国早期古塔，多系所谓“上累金盘，下为重楼”的木构楼阁式，缺点是容易引起火灾又不能久经风雨。后来，我们的先人就在嵩山进行创新，变木为砖，建造出砖石的密檐式塔。密檐式塔的塔檐也仿照木构形式，只是上部塔檐层层相叠，几乎看不出楼层，只有第一层塔身特别高大。

是啊，嵩岳寺塔的密檐部分，构成了其外形的主要特征，确实与众不同！

嵩岳寺塔

嵩岳寺塔是和谐的体现。你看,全塔各层砖檐叠出部分自下而上逐层递减，形成柔和的抛物线外廓；每层砖檐又做成鸟翼般造型,给人一种轻快舒畅的感觉。

和谐之美是艺术的至境。15层密檐与下面高耸的塔身浑然一体,格外雄伟秀丽!

嵩岳寺塔的局部细节精美独特,也令人叹服。

嵩岳寺塔的建筑材料是特制的。当时,没有现代的钢筋、水泥和白石灰,我们的先人仅用糯米汁拌黄土泥作浆,用小青砖砌垒。经过上千年风雨,其建筑材料迄今仍然不酥不碱,巨塔仍然不倾不斜、完好无损,这岂非世界建筑史上的奇迹?

嵩岳寺塔的建筑设计方法是奇特的。砖石材料可不像木材那样便于挑出远檐,洞开门窗。我们的先人设计这种密檐式塔,在层与层之间,不设计门窗、柱子,而把塔檐挑出;不用斗拱,而只用叠涩方法层层挑出短檐,使各层之间紧密连接起来。如此,寺塔更坚固、更壮观!

嵩岳寺塔的内部结构变化是科学的。我们多次观察,室内不施塔心柱,向内叠涩的砖檐将内壁区分为10层,用巧妙的建筑方法,使之与外壁15层密檐矮壁的结构浑然一体。塔内壁的上下做法也有区别,下层随外壁仍做成等边十二角形,二层以上则做成等边八角形。如此复杂的结构,没有高超的建筑技术是难以实现的,这真是世界奇迹!

嵩岳寺塔的艺术雕饰雄浑精巧,是中印建筑文化的融会。

你看,塔的最下部,是一个高0.85米的基台,坚实高大,其上为塔身。该塔塔身有15层密檐,檐与檐之间的矮壁上,每面都砌出拱形门和破子棂窗。这些门窗大多是装饰性的,只有少数几处是内外相通的门洞,多达429个。

你看,塔身四面辟券门,门洞很高,门额做成尖拱状,拱尖饰

“山”字形莲花瓣，两券角作外旋涡纹。塔身中部以腰檐一周，将其分成上下两段。上段塔身各隅均砌出半隐半露的倚柱，其露明部分为八角形，柱头饰火焰宝珠与覆莲，柱下砌出平台及覆盆状柱础。两柱间，除辟门的四面之外，其余八面各雕砌单层方塔式壁龛一座，突出于塔壁之外。

你看，龛身正面辟有尖拱状龛门，可入龛室内。龛室平面呈长方形，内壁尚保存有佛像背光之类的彩绘图案，说明此龛是供本佛像用的。龛座正面，砌有两个壶门，内饰砖雕狮子各一。全塔共雕砖狮16个，有正、侧、蹲、立各种不同姿态，造型雄健，风格朴实，是一组弥足珍贵的北魏砖雕艺术品。

你看，塔的最上部为砖雕宝刹，由宝珠、七重相轮、仰莲状绶花、宝装莲花式覆钵和刹座组成。

嵩岳寺塔，真是一座极为完美的建筑艺术珍品！

杨尚昆同志笑着邀我在嵩岳寺塔前留影。如今睹物思人，更想再去嵩山，再次领略古塔之美……

2006年6月

【吴元成评】

华夏第一美，天下第一塔，在作者笔下笑傲苍穹。这是建筑之美，更是嵩岳之魂。

【杨万林评】

整体显和谐之美，局部见精细之美；塔基是美，塔身是美，塔顶是美，一个塔就是一座完美的丰碑！

大法王寺

天人和谐法王寺

嵩山玉柱峰下有一宝刹——大法王寺。

我曾多次考察法王寺，感触颇深的就是和谐。

据史载，东汉永平八年（公元65年），明帝夜梦金人飞绕殿庭，即派人去印度寻求佛经、佛法。历经三年，将印度佛僧摄摩腾、竺法兰请来，住洛阳白马寺译经。又经三年，摄、竺二僧感都市喧闹，欲寻清净之处译经，便选了嵩山圣地。汉明帝即于永平十四年（公元71年）在嵩山玉柱峰下建法王寺，供二高僧译经传教。从此，中国便揭开了广建佛寺的序幕。

佛之境界，求的就是人与自然的和谐相处！

在中国儒学思想中，和谐是其整个哲学体系的基石。

中国古代思想家强调天道与人道、自然与人为的相通、相类和统一。《孟子·尽心上》曰："尽其心者，知其性也；知其性，则知天矣。"认为性在于心，人们尽了心也就能了解性；了解了性，也就懂得了天。而人的性、本质又来自于天，并受之于天。这就是"天人合一"说：力图通过追索天与人的相通之处，以求天与人的协调、和谐与一致。

和谐表现在建筑上，既是最高的伦理准则，又是最高的美学境界。我们从宏观上看，法王寺建筑"天人合一"和谐美学思想的运用，几乎达到了完美。

著名画家谢冰毅画嵩山《嵩门待月》

建在嵩山南麓的大法王寺能如此尽善尽美，不难想象，汉明帝为摄、竺二僧选址建寺时是煞费苦心的。嵩山有72峰，这大法王寺独选玉柱峰下，依嵩山而建，使寺依擎天玉柱，具有兴旺发达之意。我们的先人对大法王寺建造的地理位置也是勘测、观察、研究过的：法王寺北有玉柱紧靠，气势巍然；东、西对称各有山岭向南延伸，寺院犹如巨椅端立正中；左有嵩门待月，月丽无限；右有卧龙葱岭，龙跃气盛；前有嵩阳溪水，奔流不息；后有巍峨嵩山，气势磅礴。玉柱峰下苍松翠柏郁郁葱葱，远远望去，宝刹奇峰峭石，天光云影，堪为天人合一和谐之奇观！

法王寺，紫气升腾，人间仙境，人称“嵩山第一胜地”！中国最初的佛寺是按汉朝的官署布局建造的，基本采用了中国传统的院落形式，形成了特有的民族风格。一般从寺院正门起的一条南北中轴线上，每隔一段距离就布置一座殿堂，周围有廊屋或楼阁围绕。七进庭院，为中轴线平分，彰显对称的和谐美。

我们进入法王寺广场，即可见矗立着的“重兴大法王寺碑”。上有名家题书，突出了“重兴大法王寺”的主题，真是“开门见山”！

走过朝圣桥，即见法王寺山门，此为寺院正门。中间一大门，两旁各一小门，以象征“三门解脱”。“三门”者，即佛之说空门、无相门、无作门也。山门面阔3间，进深2间，为歇山、挑角、黄琉璃瓦房。山门建筑对称和谐，房脊正中置宝瓶，两端置大吻，前、后墙开拱形门，前后对开4个六角窗，门窗边饰琉璃龙凤花草图案，秀丽而不失端庄，繁杂而不失和谐。

过了山门，登上高台阶，可见金刚殿。此系仿清建筑，5开间，为歇山式。上为黄琉璃瓦覆盖，檐下施斗拱，柱、枋连接处有雀替。殿顶正脊两端置大吻，中间饰双龙戏火焰宝珠。殿内金刚，手执金刚杵。殿门前两侧，端坐一对形象逼真的石狮，在石狮的陪衬下，金刚愈发显得威武。

穿过金刚殿，走过碑林，再登上高约10米的台阶，就可见天王殿。殿面阔3间、进深3间，为硬山式。上为灰色筒瓦盖顶，檐下施一斗三升斗拱。殿内正中供弥勒菩萨，门额题“佛光普照”。殿前东西两侧，各有对称廊房，同为灰瓦盖顶，颇显和谐之美。

大雄宝殿是法王寺的正殿。大雄是称赞释迦牟尼佛威德至上之意。殿面阔5间、进深3间，为硬山式灰色板瓦顶。正脊两端为大吻，殿内后间有一圆券门，跨度2.3米，后壁辟一门，宽1.65米。殿前壁两侧角柱上方，有15米高的楼房雕饰，仿木结构，平顶，椽头显露。正面有门4扇，刻“米”字、“十”字和“井”字花纹。殿内彩塑释迦牟尼、阿难、迦叶、药师佛、阿弥陀佛像，龛后塑观世音和善财龙女像。大雄宝殿月台上，有一石砌长方形小池，内种紫金莲，八月开花。传说此处是禅宗二祖神光得道、讲经说法之地，有“神光讲经，委婉动听，顽石点头，地涌金莲”之说。

大雄宝殿月台下东西两侧，有对称银杏树两棵，围粗7米，高30多米，传为摄摩腾、竺法兰译经时所植，已有1900多年了。春夏之际，浓荫覆地，遮天蔽日，清爽宜人；深秋时节，黄叶满树，果累枝头，山风掠过，落叶散金，坠果散玉。我曾和友人多次在银杏树下小憩，那种融入自然的感觉，使人心旷神怡、流连忘返。

往上走，踏上台阶即见地藏殿。殿面阔7间、进深3间，灰板瓦顶，为硬山式。正脊中间饰砖雕莲花，两端置大吻。此建筑两垂脊均饰狮、马、鱼等陶兽。殿内正中供地藏王菩萨像，左有道明尊者像，右有闵公长者像。殿内绘有《二十四孝图》，再现“虞舜孝感动天”、“董永卖身葬父”、“孟宗哭竹生笋”等感人故事，把儒文化植入佛教场所，教人孝敬老人，提升了寺庙文化的品位，增加了寺庙文化的内涵。

和谐出圣境。地藏殿东有“望月台”，立台东望，可见两座对峙的山峰，形如门阙，人称“嵩门”。每每中秋之夜，在望月台便可见皓月东升，恰似悬于嵩门之中。此“嵩门待月”，为登封古八大景之首。“今人不见古时月，今月曾经照古人。”古往今来，有多少人在此寄情抒怀、赏景一乐啊！

登台见西方圣人殿，殿中佛龛供毗卢佛像。殿左侧为三佛殿，右侧为六祖堂，对称、和谐。

法王寺最后一进为藏经阁，又名卧佛殿。殿之上层陈设佛教经典，下层中央供奉释迦牟尼卧佛玉雕像。佛像来自缅甸，身长7米多，重达18吨。仰望玉佛，慈祥和善，敬仰倍生。藏经阁东侧殿供摄摩腾像，右侧殿供竺法兰像。这两位在法王寺传教的鼻祖，岁月的沧桑丝毫没有淡化他们的功绩，旺盛的香火寄托着人们的尊崇，历久弥新。

嵩山大法王寺的7进院落，有机地融为一个统一的整体。它以大雄宝殿为中心，前后、左右布局合理，井然有序，与嵩山秀美的自然景色融为一体，清新自然、浑然天成，犹如一幅和谐美妙的画卷。它作为佛教活动公开性的屋化建筑，成为佛事活动及其传播之载体，宛如一首节奏和谐的乐曲，涤荡着人们的心灵。

嵩山大法王寺历经1900多年的风雨，几经兴废。今日得以重兴，是中国共产党和人民政府英明政策所兴，是天人和谐所致，是现任方丈释延佛大师20多年乐善好施、弘扬佛法所建。

站在法王寺重兴巨碑前，我看到了摄摩腾、竺法兰乃至释延佛战胜困难、干事创业的身影，看到了和谐文化的魅力，耳畔回响起电视剧《鉴真东渡》中唐代高僧鉴真的话语："人生只做一事又何妨？"

2006 年 7 月

【吴元成评】

天人和谐，无往不利。从建寺到弘法到复兴，一以贯之。作者对建筑布局、架构、内涵描绘之细，使人如临其境。

【杨万林评】

文道相融，意在写寺，旨在言志。"人生在世，只干成一事又何妨？"卒章言志，促人警醒，发人深思，令人茅塞顿开。

净地松风会善寺

“箕山临其前，颍水流其下。佛寺凿翠开，轩窗独潇洒。”清代大诗人顾嗣立在《会善寺》诗中描述了会善寺的位置。它面临箕山，背依太室山积翠峰，潺潺颍河秀水傍寺而去。周围山坡松柏遍布，凭窗而望，心无旁骛，独占潇洒，可谓“净地松风”！

是的，亲临其景，备感清幽。我曾写《会善寺》诗赞之：“天中山书颜真卿，大衍历创张一行。元造大殿多雄伟，松林深处钟鼓鸣。”

会善寺，始建于北魏年间，曾为孝文帝离宫，隋开皇年间（公元581~590年）赐名为会善寺。唐代大加增修，添建了殿宇戒坛和窣堵波式的宝塔，后几度兴废。

会善寺前照壁上，刻有唐代大书法家颜真卿书写的“天中山”三个大字，刚劲威严。山门建制5间，一对雄狮守其左右。中轴线上为元代大雄殿，面阔5间。檐下所施斗拱构件，粗大朴实，昂首下垂，系仿宋批竹昂的手法，展现了元代高超的建筑艺术，是嵩山地区现存唯一的元代木结构建筑。殿内供奉玉石佛像。殿前为砖砌月台，台左侧立清乾隆诗碑一通；台右侧柏树下，置有明成化六年（公元1470年）铸造的大铁钟一口，钟高1米多，重650公斤。大殿周围，古柏银杏，拔地参天，如此胜地，谁不喜之？

唐静藏禅师喜欢会善寺，在此传授六祖慧能禅法，后圆寂于

会善寺

此。唐玄宗念其功德无量，于天宝八年(公元764年)造静藏禅师塔记之。该塔位于会善寺西500米的山坡上，为平面八角亭式砖泥结构建筑，上下三层，高达9米，周长16米，塔身雕人字斗拱和塔铭一方，造型别致，是中国现存最古老的八角形砖塔。

唐代天文学家一行喜欢会善寺。一行俗姓张，名遂，生于唐高宗永淳二年(公元683年)，原籍魏州昌乐县(今河南省南乐县)。他自幼聪敏，酷爱读书，经史子集无不涉猎，尤精天文、历算、阴阳五行之学，名动朝野。武则天的侄子武三思好图虚名，欲交一行为友，一行不愿与之为伍，但又畏其权势，便到嵩山会善寺出家当了和尚，在普寂大师门下深造。"心至苦，事至盛"。一行学习佛法极为刻苦，他踏遍嵩山，虚心求教高僧，背诵经文如珠落玉盘，讲解释法似行云流水。普寂大师喜之，允一行到嵩山大法王寺等地讲学。期间，一行还坚持翻译佛典经书60卷，后被允赴天台山国清寺学习算学，且深得其奥。唐玄宗开元九年(公元721年)，一行受命整理历法，与天文学家南宫说一起，实施了世界上首次实测子午线的工作，并第一次测出了子午线的长度。一行编纂了当时世界上较为先进的历法《大衍历》(共52卷)，比较准确地反映出太阳在黄道上运行时速度变化的规律。开元十五年(公元727年)，一行积劳成疾，刚完成《大衍历》草稿便不幸病逝，年仅45岁！唐玄宗痛失良佑，嗟悼万分，为之制碑文，亲书于石，并封谥号为大慧禅师。

会善寺西墙外的山坡上，有一行及其弟子所建的一个琉璃戒坛。戒坛平面为正方形，四角立有石柱，柱体和柱基上有浮雕天王像及鬼怪山水图案，雕工精致。一行虽去，但其遗著、遗迹犹在。每每看之，不禁泪湿沾襟。

噫吁唏，人是要有一点精神的，人是要有健康体魄的，人是要坚持科学发展的啊！

2006 年 8 月

【吴元成评】

净地松风，文短意长。集佛法弘扬、科技钻研、人品高古者，一行是也。也启发我们“人是要有一点精神的”。

【杨万林评】

写景，突出清幽；写人，彰显精神。文章意境优美，语言清新，景如在眼前，情沁人心脾。一部《大衍历》对人类生存与发展弥足珍贵。篇末点睛，感人至深！

公主静心永泰寺

太室山子晋峰下，有一座中国最古老的、因皇家公主出家到此而得名的皇家尼僧寺院——永泰寺。

五月的嵩山，清风习习。夕阳中，我们来到永泰寺。在那里，体会最深的就是“静”，山静、寺静、心静。

北魏孝明帝正光二年（公元531年），魏孝明帝之妹永泰公主看不惯宫廷腐败，不愿与不爱的人结婚，便抛弃了公主尊位和荣华富贵，毅然离开皇家，来到嵩山明练寺，削发为尼，诵经静心。永泰公主怀有慈悲之心，经常施舍钱物来赈济苦难百姓。她也因此深受嵩山周边百姓的爱戴，故明练寺盛极一时。唐中宗神龙二年（公元706年），为纪念永泰公主修行善绩，遂将明练寺改名为“永泰寺”。

看来，永载史册者，非在于权位之高低，而决于其在百姓心中之地位也。

永泰寺是中国建造最早的尼僧寺院。

永泰寺的山门不大，建制3间，却尤显精巧，可能是为体现皇家公主不事张扬之性格吧。山门两侧各有石狮守卫，颇有几分威严。

进入大门，即感到静谧无比。天王殿前，有一棵大叶杨树，围粗5米，高达36米，苍劲挺拔，有人称之为“佛寺旗杆”。殿中供奉着大肚弥勒佛像，手掐念珠，笑口大开。其两侧楹联恰作禅语，点化众生:“大肚能容容古容今容尽天下难容之事，慈颜常笑笑善笑恶笑遍世间可笑之人。”试问,君能做到吗?

中佛殿,为永泰寺的中心院落,来到这里,就进入了丰富多彩的雕塑壁画禅界之中。殿中央有“华严三圣”——释迦牟尼、文殊、普贤塑像。殿两侧山墙上,绘制有“十八罗汉壁画”,那十八罗汉姿势不同,坐立各异;表情古怪,清中见奇;色彩跳跃,冷热更替……

是啊,大千世界,无奇不有,这正应了人间万象。

嵩山被夕阳染红了,永泰寺的尼僧敲响了木鱼。在“哒、哒、哒”的木鱼声中,山显得更幽,寺觉得更静了。

我们站在大雄宝殿前,看着建寺时从印度国引进的娑罗树,就像在与佛文化对话。娑罗树,又称菩提树。当年佛祖释迦牟尼就是在菩提树下涅槃的。后树种传入中国嵩山永泰寺,皇家公主永泰曾在此树下念经把脉,为百姓治病。此树颇大,围粗4米,高达25米,树叶茂密,浓荫盖地,犹如佛伞。其叶面平滑,花色淡黄,闻之清香,据当地百姓称,以叶冲茶,可以明目清心。

登上大雄宝殿,见有尼僧在三世佛塑像前做佛事活动。古永泰公主静心修炼,今中外众国女僧在此素服素颜,摒弃杂念,合掌诵经……

禅是一种静心的境界,尤其是尼僧,要入此境,何等不易!

走到永泰寺最后边的皇姑楼,男士当止步了。原全国人大副委员长雷洁琼女士曾为此楼题匾,以示敬意。此楼为永泰公主昔日住所,高达三层,飞檐走脊,雕栏画壁,静穆有加。一楼为永泰公主会客之所,二楼为修真之地,三楼为生活住室。楼中有永泰公主当年参禅打坐的石雕像,慈眉善目,端庄大方,令人肃然起敬!

静心,能战胜诱惑,干成大事。寺中的达摩井水映照着禅宗顿悟成佛之静心,《大唐中岳永泰寺碑》刻录了永泰寺的历史沿革,唐代佛塔“经幢”、宋代“莲花灯座”,沐浴了古刹的风风雨雨,仍静静

永泰寺达摩井

矗立，供人瞻仰。

敞开胸襟，用宁静的心拥抱世界。

是时，夕阳染红了子晋峰，古刹沐浴在一片霞光之中，显得更加静谧了！

子晋峰是仙人王子晋驾鹤吹箫升天之峰。峰下建永泰寺，静中有动，令人遐想不已。我以诗《永泰寺》记之：

太室西来望都峰，楼高塔古沐春风。
公主拈花听钟鼓，王子乘鹤吹箫笙。
菩提树奇花静心，达摩井幽水养容。
唐碑书史六龙盘，谁人不记复兴功？

2006 年 9 月

【吴元成评】

菩提本无树，明镜亦非台。永泰寺之妙在一“静”字：静远红尘，静生禅境。作者悟其旨也。

【刘秋珍评】

一事一得，一景一悟。以我观物，物皆有心。文章写人写寺写境，形神兼备，文质俱美。

奇异险秀少室山

南望少室莲花起，天地融结山已极。
三皇天梯挂云端，鬼斧神工罗剑戟。
树茂林深崖先红，风吹雨打石更碧。
登上御寨最高处，方见三十六峰立。

我多次登少室山。

少室山东距太室山约10公里。据传禹王第二个妻子涂山氏之妹居于此，人们便于山下建少姨庙敬之，故名曰“少室”。

少室山有36峰，其主峰御寨峰，海拔1512米，陡峭峻拔，被“望洛”、“香炉”诸峰簇拥，如旌旗环围，似剑戟罗列，蔚为壮观。

2006年秋日，我曾与作家孟宪明等几次登少室山。

少室山奇。登山途中可见“雄狮端坐”、“猛虎下山”，可见“神龟爬行”、“巨龙睡眠”，可见“亿年婴孕”、“群龙争攀”。山顶宽如平寨，分为上下两层，有四天门之险，为兵家必争之地。《金史·地理志》记载，金宣宗完颜珣与元太祖成吉思汗交战时，宣宗被逼出汴京，曾退入少室山，在山顶屯兵，故少室山又称“御寨山”。御寨山西侧有水柜一处，人称“小饮马池”，水量能供万人饮用。

站在山顶俯瞰少林寺，见棋、鼓、剑、印、钟五峰，峰峰似乳，少林寺就被这五峰环抱。有“五乳峰”哺育，少林寺岂不兴盛千年？

少室山异。群峰逶迤，千姿百态。我们驱车至少室山南麓，北望，少室像莲花绽开，那一组山峰，层层叠压，犹如莲叶舒展。行之再望，其方又酷似宋代人戴的忠靖之冠。放眼东峰，则参差错落，山似“石榴之嘴”。我们从东麓西望，见一峰似“卧虎抬头”，一峰如“立佛念珠”，一峰像“观音宾阳”……

山连千岭，无际自高啊！

少室山险。我们走进少室山东边的“玉皇沟”峡谷，刚到峡谷东口，便顿感谷深峡窄，气流吸人，寒意满身，当地百姓谓之“吸风口”，真是名不虚传。从西口直达山顶大寨东天门，有一山壕，宽10余米，深有百丈，稍有响动，即起啸声，声音直奔谷外，人谓“响潭沟”。峡谷内怪石林立，一旦上下空气压差加大，团团白云即从谷口翻滚涌出，故又称“喷雾口”。我们站在峡谷中心，见一巨石状如神猴乘云直上，惟妙惟肖，大自然的鬼斧神工在精雕细刻的间隙，展示着神秘的灵动。

山不厌险，有险则名啊！

少室山秀。秋天登山，漫山红遍，层林尽染。我们早晨从少室山南麓上三皇寨。三皇者，天皇、地皇、人皇也。我们登上“好汉坡”，大汗淋漓，方见朝霞映辉，绝壁上红叶团簇似火，好不清新！爬上“猴见愁”陡壁，手拉铁链而上，见壁如刀削，苍山如铁，林海翻浪，有石似“观音登山”、“观音迎阳”、“观音观海”，南天门下，有“二龙啸天”，让人心旷神怡。

南天门是通往三皇寨之大门，有人欲坐石小憩，我频频向之招手。登山贵在悠进，勿停勿躁也。突见几山夫，肩扛百斤沙袋而上，顿生敬意。“他人能扛物而上，我等何不能攀？”便邀诸友再鼓勇气，直入三皇寨石门。

三皇寨，风景如画，“双塔并肩”、“山树画天”啊！有“石鹏展翅”、“石马狂奔”、“石鸽飞翔”、“石龟爬坡”、“石龙抬头”、“石狮雄卧”、“石佛念经”,此为天之造化也！站在三皇寨上,我们看到山下月亮湖水泛银光,山腰栈道横勒,山顶白云飘动,顿有置身云汉之感。再前行,便见“回心石”,似告诫人们前方更险峻难行,可以“回心”退之。开弓没有回头箭。我们越过“铁索桥”,跨过“千丈深渊”,沿山崖栈道北进,翻过一峰后,眼前豁然开朗。“山佛仰天”、“石猿观海”、“炎黄石峰”、“仙翁练功”、“天石成梯”、“隐身罗汉” 等胜景再现,山泉清澈,叮咚作响,仿佛置身仙境,令人心旌荡漾。

少室尽含千古秀,桂花香动万山秋。

看着少室山“擎天巨柱”石,我感到一种力量!

听着少室山石崖上“滴答滴答”的滴水声,我体味到一种精神!

回味少室山的奇异险秀, 我顿悟到了人生跨越险峰的无限风光……

2006 年 10 月

【吴元成评】

奇异险秀,登者知之。寓景于情,寄情于景,因景生思。作者谙熟嵩山少室,更察登山之道:“无限风光在险峰！”

【刘秋珍评】

语言简洁生动,朴素优美,自然中透着情韵;结构层次分明,错落有致,无意间流露匠心。

达摩面壁传精神

人是要有一点精神的。

1977年，邓小平副总理下令恢复高考，媒体发表了周恩来总理17岁东渡日本求学时写的诗："面壁十年图破壁，难酬蹈海亦英雄。"激动人心的消息，振奋人心的诗句！我循诗到少林"朝圣"，来到初祖庵。

初祖庵，在少林寺常住院西北五乳峰下的阜丘上。松柏蔽日，幽静宜人。庵前有双涧，溪水长流，似左右双臂将其环抱。时值"文革"刚结束，无人至此，荒草丛生，唯见大殿威严耸立，支撑着不灭的文化精神。

南朝刘宋末年，达摩禅师从印度来到中国嵩山少林。达摩与时俱进，改革旧的小乘佛法，以"壁观"形式禅定，并融儒、道文化于其中，创立了禅宗。人们把达摩来少林坐禅生活起居的地方，称为"初祖庵"。达摩的弟子纪念祖师，于北宋宣和七年（公元1125年）建成大殿，坐北朝南，深阔各三间，面积120平方米，高10多米。此殿是河南省现存最古老的一座木石建筑物，为北宋时的原物，多么珍贵啊！

大殿殿门两侧，有砖雕刻对联："在西天二十八祖，过东土初开少林。"弟子评师，何等恰切！达摩出身高贵，为古印度禅的28祖，他来到中国嵩山少林初创禅宗,不正体现着一种开拓精神吗?

踏过荆棘,登山而上,几经周折,汗如雨下,我爬到了初祖“面壁”之处——达摩洞。首先看到的是座双柱单孔石坊,为明万历甲辰年(公元1604年)所建。仔细辨认,石坊南额刻“默玄处”,北额则刻“东来肇迹”,实为“点题”之笔!进入石洞测之,深约7米,高、宽各3余米,洞中供石雕佛像4尊。洞壁有石痕,水面波纹似挖凿痕迹。达摩“面壁求法”就在此处。

简单是最好的理解和处理问题的方法。达摩亲身实践证明其“壁观”、“理入行入”的正确,在此石洞九年面壁而坐,终日默然,人莫能测。精诚所至,达摩影入于石,信徒悟禅真意,尊称此石为“面壁石”,此洞为“达摩面壁洞”。

精神愈用而愈出,智慧愈苦而愈明。达摩面壁,充满着一种滴水穿石、绝不放弃的精神!悟之,我18天没有脱衣睡觉,在油灯下复习功课,以针刺指,当年即以全县第一名的成绩考入河南大学……

1994年,我任郑州市委副秘书长兼办公厅主任,曾陪同中共河南省委书记李长春同志考察少林文化,讲解初祖庵及其所记载的中国禅宗的发展史。

你看,大殿中达摩像左右,有五大弟子侍立。

二祖慧可(公元487~593年),“断臂立雪”,得“传世袈裟”,一时“言满天下”。他对达摩禅法进行改革,提出了万法皆如、身佛不二的理念,但屡次受到其他僧徒“争正统袈裟”的迫害,几乎丧失性命。北齐天宝三年(公元552年),慧可传法衣于弟子僧灿。

三祖僧灿(?~公元606年),“佯狂市肆”,对慧可思想进行改革,提倡一种放任自然、任性逍遥的修行生活,把佛教的“万法一如”、“即心即佛”与老庄玄学相结合,后传法衣于弟子道信。

四祖道信(公元580~651年),河南沁阳人,少年出家,拜僧灿为师,曾到湖北黄梅东山寺传教,使禅法思想有了新的发展,后传法衣于弘忍。

五祖弘忍（公元602~675年），7岁随道信出家，30年不离左右，性情敦厚，与世无争，勤奋学习，深悟禅法。他发展了道信倡导的山林佛教特色，聚徒定居，生产自给，在农禅并作的修禅生活中显示出中国禅宗特有的老庄态度，强调“守本真心”，法门大开，规模空前。至此，中国禅宗的理论基础、组织形式和修行风格等已基本确定，东土五祖的传世法学也成定说。

六祖慧能（公元638~713年），是弘忍门下的苦役小僧，在禅宗的改革中突显才能。五祖弘忍在选择接班人时采取考试竞争的方式。为传法衣，选择法嗣，一日，他命门人各作偈示众。上座“教授师”神秀先写一偈书于廊壁：“身是菩提树，心如明镜台。时时勤拂拭，莫使有尘埃。”把心与身、内与外、净与染等视为对立，其中蕴涵着“渐修”的禅理，但未得五祖认可。而慧能看后，稍加思索即出一偈，因不识文字，便请人代书于壁上：“菩提本无树，明镜亦非台。佛性常清静，何处惹尘埃。”把菩提树、明镜台视为“空”，表达出达摩“顿悟”方法及不立文字、直指人心、见佛成性的禅理，得到认可。五祖便秘授衣钵，慧能遂成为禅宗六祖。六祖怕人争夺法器，南到广州法性寺，不久回曹溪，行化10余年，门徒达数千人。唐初年，慧能用钵盂从广东带回柏树苗，栽在初祖殿前。清康熙年间立碑记之：“六祖手植柏，从广东至此。”现在，此柏已高20多米，枝繁叶茂，苍翠挺拔，显出旺盛生机……

啊，达摩面壁，体现着一种创新的精神！六祖慧能开拓创新了禅理：一是“佛性说”，认为佛在自性心中，成佛只能靠自己的觉悟；二是“顿悟成佛说”，认为成佛在于一念领悟、刹那之间，而不在于长期修习。慧能的思想被收入《六祖坛经》这部中国人自己著述的唯一的一部被称为“经书”的佛教经典，使佛教简易化、中国化，打破了佛国的权威，带有泛神论的倾向，是中国佛教史上的一次革

著名画家毕建勋题画嵩山『达摩洞』

新，标志着中国禅宗理论的成熟。自此，禅宗代替了其他宗派，"禅"成了中国佛教的别名！

理论必须创新。创新是一个国家、一个民族、一种文化兴旺发达的不竭动力！

2007年春天，我再上初祖庵。走在一位叫行夏的和尚积平生之力修成的通往初祖庵的路上，感慨"行夏路"的崎岖不易，再次探索初祖庵这座文化艺术殿堂的伟大、辉煌！

初祖庵大殿，虽几经修葺，但仍保持了北宋时的面貌。12根八角石柱将殿奋力撑起。殿的梁架结构、斗拱比例美观科学，那四角的转角由三架斗拱组成，呈辐射之势。8根檐柱刻有浮雕，画面有菊、莲、卷草等植物，有飞天、坐佛等佛像，有凤戏牡丹、孔雀穿花、群鹤闹莲等故事。殿内4根石柱，那浮雕画幅上，有气度威严的武士、生动活泼的游龙、英姿潇洒的舞凤、飘然若生的飞天、庞大浑圆的盘龙。殿的东西山墙上，则画着达摩以前的27代祖像，线条是那样的清晰古朴。神台须弥座上和殿墙石护脚上，则雕刻有卷草、雄狮、武士、骑鹿、麒麟、水兽、马、羊、鱼、兔，还有穿云过雾的游龙……

800多年前，在如此小的大殿面积上，把禅意和艺术融为一体，如此开拓创新，如此丰富生动，中国罕见，世界罕见！

初祖庵大殿北，有两座方亭和一座千佛阁。殿的四周，簇拥着古代文化石刻。那宋代《祖源谛本碑》上，刻有达摩的坐像，二祖慧可侍立其后。碑额"祖源谛本"为正书，体现了禅宗祖庭之正。宋代大书法家黄庭坚来此，书"少林九年，垂一则语，直至如今，诸方兼举"，刻碑正中，笔锋流利姿媚，挥洒如意，颇具禅意。那梵文《陀罗尼经碑》，刻于明成化二年（公元1466年），引入了印度文化，文字尚清晰可辨。在大殿后西亭门口，有一石碑，乃宋代书法家蔡卞所书，那"达摩面壁之庵"6个大字，苍劲古朴，卓然超俗，体现了厚重紧密、圆健遒劲的风格，有兼人之力。

初祖庵、达摩洞，伟大的面壁精神永传！余写诗记之：

东来嵩山入少林，初祖面壁九年功。
苦心能使万象开，励志可教神仙动。
钵传一刃红雪飞，花开五叶遍地行。
山石成影心可见，世人应效书丹青。

2007年3月

【吴元成评】

东来肇迹，面壁见佛。笔雄文健，气贯长虹！从初祖庵到达摩洞，从达摩的创造到慧可的创新，留给后人的是宝贵的精神财富。

【刘秋珍评】

开篇点题，先声夺人；结末明志，首尾呼应。全文以“精神”为线索，结构全篇。内容丰富，手法多样。有人、有事，人事互显；有情、有理，情理相融。

少林佛塔第一流

佛塔是集建筑艺术、雕塑艺术于一体的佛教建筑物。少林佛塔建筑，其分布之广、数量之多、规模之大、造型之奇，在中国佛教建筑文化中，是首屈一指的。位于少溪河北岸的少林寺塔林，占地面积19906平方米，有唐、宋、金、元、明、清和近现代古塔231座，是国内最大的塔林。

佛塔，梵文为stupa，音译为“窣堵波”、“浮图”、“佛图”等，意译为圆冢、方坟、灵庙等，后译为“塔婆”，最后省去“婆”字而简称为“塔”了。

在中国文化的称谓中，常有“舍利塔”之词。这是因为，释迦牟尼故世之后，佛教徒转向埋葬佛骨的“窣堵波”顶礼膜拜，“窣堵波”从此成为僧侣崇拜的对象，由于“窣堵波”埋有舍利，是舍利窣堵波，故称舍利塔。

嵩山少林古塔，是研究中国建筑史、艺术史和宗教史的珍贵宝库。多少年来，建筑学家明辨古塔上的雕花门窗和建筑结构，艺术家留心古塔典雅的造型和精湛的图案，历史学家则深究塔铭中的中外交流文化。郭沫若先生曾作多种注释，其婀娜多姿的造型为热衷文化的人们所陶醉……

近年来，笔者对嵩山少林佛塔建筑文化进行多次考察，认为就

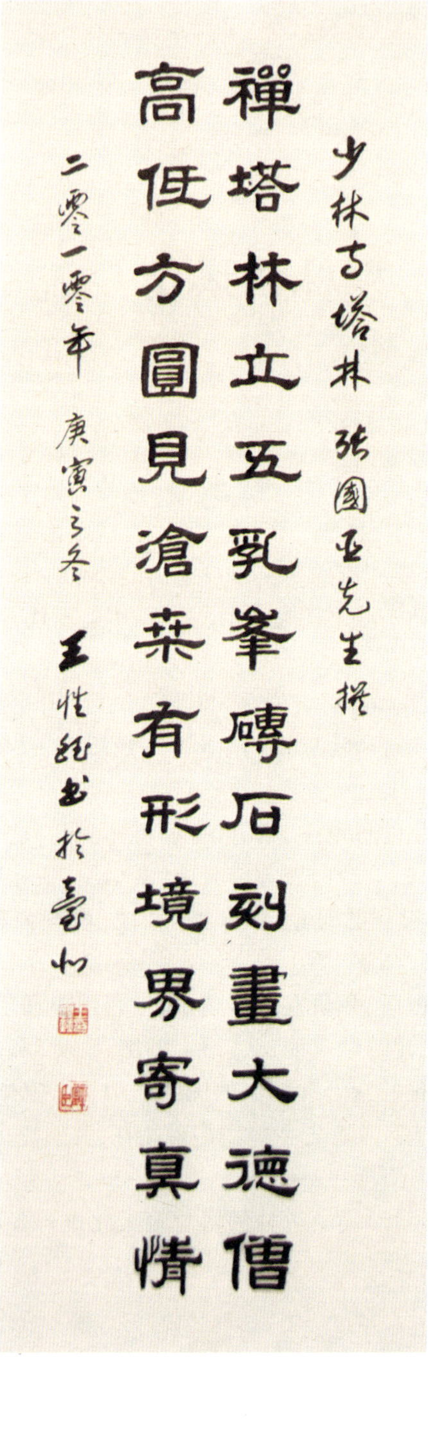

台湾著名书法家王性钰书张国臣诗『少林寺塔林』

其外形来说大致可分为四类：

一、四边型

法玩禅师塔。此塔位于塔林西北部，建于唐朝贞元七年(公元791年)十月，高8.1米，是塔林中最古老的一座砖塔。它除塔门、塔刹和塔铭用青石雕成外，通体用黄泥和水磨砖筑成，构缝严密匀整，塔身细腻平滑。此塔迭涩檐外出11层，托出塔身45厘米，塔顶用5层石雕组成，下层为浮雕的飞天，二层为轴形转轮，三层为仰莲，四层为圆形云雷纹，上顶有一宝珠。此塔最引人注目的是塔门，呈拱形，嵌有一块高1米多的象征性石门。它用高浮雕的手法，装饰着两个束腰、飘服、卷发、长裙对称的环形飞天、嫔伽等古典图案，还让人们见识到一千多年前唐代加有圆钉的实榻大门及门额上的门簪、门扉上排列整齐的乳钉和造型逼真的古锁，其雕刻十分细致，形象异常逼真。门口中间雕有一个三角形的石鼎，门口两边雕有两个武士，执剑托塔，气度威严。在塔的后壁上，嵌有塔铭，为唐大中大夫李充撰文，马士瞻楷书。塔中存放着唐代法玩禅师灵骨。法玩时为嵩洛一带临坛说法的高僧。

唐“无名塔”。位于法玩禅师塔的前面，为单层密檐式砖塔。高12.2米，塔身宽2.7米，为塔林中体形最高大的一座古塔。在第一层塔檐下，尚有用朱红色绘出的“一斗三升”转角斗拱和人字形斗拱，此为研究中国唐代建筑的重要资料。

普通塔。位于法玩禅师塔的前面，建于北宋宣和三年（公元1121年），用石灰砌砖，高6.9 米，塔身东西长2.11米，塔的基层为一砖砌方形台子，四角折射高挑，塔顶由五层石雕组成，分别饰以覆莲、轴形转轮、圆盘云雷纹和长尖状宝塔等。拱形门洞里，镶嵌着一座石门。因为此塔非为某一和尚专建，凡未建塔的十方众僧，死后都可存放骨灰，故称“普通塔”。

二、六角型

大禅师裕公塔。建于元世祖至元二十四年(公元1287年),为六角形七级密檐式砖塔,高10.5米,是塔林中最高大的古塔之一。塔用水磨砖砌成,第一层檐下雕有斗拱,塔身前有砖雕塔门,上有石制塔额,为洛阳白马寺宗主龙川立石,塔身后无塔铭。塔基束腰处六角刻有力士雕像;其六面刻有莲花、菊花等花草图案。塔周围还有高1米的护栏围墙。裕公塔结构严谨,工艺精湛,为塔之精品。

灵隐禅师塔。建于元世祖至元二十六年(公元1289年)十月,为六角形五级密檐式砖塔,高7.3米。塔为水磨砖加糯米泥砌成,砖缝极小,如细线一般,在古塔中堪称第一。此塔乃元代能工巧匠的杰作,是元代高超建筑艺术的代表,可谓是名副其实的"无缝塔"。塔前有额文,刻正书"灵隐禅师之塔"六个大字。

中林禅师寿塔。建于元世祖至元二十七年(公元1290年),高9.5米,边宽1.12米,周长6.72米,用各种不同形状的水磨砖砌成,为六角七级实心塔。其塔身密檐,自下而上分别叠出。八、七、六、五、四层,层层叠收,形成锥体。塔顶为砖砌的鼓形台,台上安放石雕塔刹,为仰、覆莲组成。拱形塔门,高72厘米,宽52厘米。象征性的石门扇,高43厘米,宽34厘米,门扇上有乳钉50个,石锁一具。此塔塔志砌在塔门之上,题为"宣授中林禅师之塔",塔铭在塔的后壁上。塔基为须弥座式,周围砌有树木图案,形象逼真。

照公和尚塔。在塔林中部,建于元后至元五年(公元1339年),六角五层单层密檐式,高7.7米,造型秀丽。塔铭为当时少林寺首座日僧邵元撰写,是研究中日文化交流的珍贵文物。

彼岸宽公寿塔。建于清康熙五年(公元1666年),为六角七层砖塔,高10.4米,周长7米余。塔身密檐, 自下而上,分别叠出。其八、七、六、五、四层,逐层叠收为圆锥形,密檐六角。各饰有挑角兽头,其装点甚为精美。尖细的塔顶,置有五级塔刹,仍为仰、覆莲之类的石雕组成。塔基须弥座的束腰处，饰有十二格花草动物等图案的砖制雕塑，为建筑精品。

三、八角型

还元长老之塔。位于少林寺塔林，建于元武宗至大四年(公元1311年)，通高4.8米。塔身平面作小八角形，前额刻“宣授少林住持还元长老之塔”。塔额下雕半圆形塔门。两扇板门的门扉上各雕门钉4路，每路5钉。塔身后刻塔铭。其塔刹似亭阁，独具匠心！

四、喇嘛型

竺东万公灵塔。建于明嘉靖四十年(公元1561年)四月，为喇嘛式砖塔，高9.6米。塔较粗壮，塔基为八边形，每边雕有“八卦”图案。塔身为鼓状体，前有石制塔门，门上塔额刻“敕赐嵩山大少林禅寺第二十四世续曹洞正宗竺东万公和尚灵塔铭”。万公塔为塔林中所建的第一座砖式喇嘛塔，造型颇为独特，有相当高的建筑和艺术价值。

书公禅师灵塔。位于少林寺塔林，建于明隆庆六年(公元1572年)，通高10.8米。塔基须弥座硕大，呈六边形，中间东腰处有精致的砖雕图案。塔身为上粗下细的圆形瓶状体，前刻额文，后嵌塔铭。其塔顶为七级相轮，再上为图盘，最上为覆钵、宝珠。书公塔是一座比较标准的喇嘛砖塔。

坦然和尚寿塔。位于少林寺塔林，建于明万历八年(公元1580年)，是用八块雕刻的青石砌成的。此塔高5.1米，基座为覆莲，座上雕有人兽图案和八角石柱；二层为八角石盘，周身有线雕花草和姿态不同的四对高浮雕石狮；三层为圆形石块；四层为八角石盘，浮雕着八卦图；五层为塔的主身，约占塔高的一半，其形如瓶，南面刻有塔铭和象征性的石门；六层为五转的螺旋形柱状石雕；七层为圆形石盘，稍大，刻有八组浮雕图案，周沿刻十二个“十”字形纽带；八层为塔顶。此塔雕刻精巧，层上一改单数，实为独特。

少林佛塔第一流

总之,少林佛塔形态奇妍,有的是柱体,有的是锥体;有的是直线形,有的为抛物线形;有的像花瓶,有的像喇叭;有的用独石雕刻,有的用砖石层砌。少林佛塔文化,犹如砖石建筑和雕刻艺术的万花筒。其层次,一般为单数,人曰单数为阳数,有传统的吉祥之意;其层数,一般为一至七级;其高低大小,是根据和尚生前在佛教中的地位、佛学修养、僧徒多少、威望高低和经济状况等条件决定的。

少林佛塔,堪称是一个独特的艺术世界!我写诗赞之:

五乳峰禅塔林立,砖石刻画大德僧。
高低方圆见沧桑,有形境界寄真情。

1995年10月

【吴元成评】

佛塔如林,千姿百态。既是高僧大德安灵之所,也是宗教文化的活化石。

【刘秋珍评】

荟萃各种古塔,展示多样造型。作者一支妙笔,形式构造,工笔细描;墓主功德,如数家常。漫步塔林,如入艺术世界;品读此文,似登佛塔殿堂。

与时俱进看少林

地球在运动中变化，中国在改革中发展，嵩山少林文化也在与时俱进！

1979年，我读大学时，曾考察过中国禅宗祖庭嵩山少林寺。那时的古刹几经浩劫，残垣断壁，门可罗雀，一片荒凉。给我印象最深的是保存尚好的山门，清雍正十三年(公元1735年)建筑，面阔三间，单檐歇山式，红墙绿瓦，稳坐在2米高的砖台上，雄壮威严。方门上，金光闪闪的“少林寺”匾额为清康熙皇帝亲题；方门内佛龛中心供奉着弥勒佛像，弥勒佛挺肚笑迎；方门两边的圆窗，像一双慧眼，放射着千秋灵气。清代刻立的一对石狮守卫在山门前，竖眉瞪眼，在松林中，尽显威风。

千年古刹，虽几经兴衰，仍充盈万丈浩气！

少林寺，位于河南省登封市城区西北10公里处，面对少室山，背依五乳峰，四周山峦环抱，丛林郁茂。古书曰:“少林者，少室之林也。”

少林寺的历史长达1500多年。北魏太和十九年(公元495年)，印度禅师跋陀来到洛阳，长住嵩岳，孝文帝敬信，为之建寺于少室丛林，净供法衣，取给公府，让其译经传教。然其所译“小乘”教法，多无新意，不为百姓接受，影响甚微。

时光流动，社会前进，时代呼唤新的禅理。

北魏孝昌三年(公元527年)，南天竺摩诃迦叶的第28代佛徒菩提达摩漂洋过海，东游震旦，一苇渡江，来到嵩山少林。达摩吸取跋陀教训，与时俱进，改革禁欲苦行、复杂繁琐的“小乘”坐禅理念方法，提出新的“大乘”禅定理念——“理入”和“行入”，创设新的禅定方法——壁观，“心如壁立，不偏不倚”。达摩用禅定的形式教人从认识上脱离现实，否认客观世界的一切存在，追求超现实的“真如世界”，亲往少林寺五乳峰的石洞，“九年面壁而坐，终日默然，人莫能测”。如此“壁观”实践，达摩“影入于石”，百姓称奇，尊称此洞为“达摩面壁洞”，此石为“面壁石”。达摩研究中国本土文化，将大乘禅法与儒家学说相结合，最终使之为社会所承认，前往少林寺向他学禅的人越来越多。

禅宗是中国儒化了的佛教，因主张用禅定概括佛教的全部修习而得名。达摩在少林寺面壁禅定，“理入行入”，广集信徒，传授禅宗，被人尊为禅宗初祖，少林寺成为“禅宗祖庭”。

与时俱进，即与时代共同前进。任何一种理论，如果僵化、教条、一成不变，都将被历史淘汰和湮没。

嵩山少林文化，体现了与时俱进！

2004年7月6日，我们陪江泽民同志考察嵩山少林寺，他听得可认真了。

少林寺常住院总面积有300多万平方米，是一座文化的博物院。寺院依山修建，中轴建筑分为7进，前后、左右对称和谐，缓步前行，若登梯然。

走过山门，脚踏青石莲花甬道，穿过碑林，看看北魏至今刻石，等于浏览了1500多年的少林文化史。日本少林寺拳法的开祖宗道臣大和尚的归山纪念碑，记述了“中日友好，前程似锦”的故事。

寺久树古。那千年银杏树，“龙根”扎地，可见生命的顽强。苍枝浓荫下，有“天王殿”。天王殿，是一座建制三间的重檐歇山顶殿堂。门额高悬清乾隆皇帝“天下第一祖庭”横匾，殿外塑“哼哈二将”两个金刚像。殿内“四大天王”雕塑，或手持宝剑，或手拿琵琶，或手托宝塔，或手握巨伞，神态各异，威武生动。“四大天王”之职责是降魔除妖、保护众生，但他们的权力受到制约。你仔细观看，其宝剑是无刃的，琵琶是无弦的，宝塔是无座的，巨伞是无骨的。权力一旦失去制约，就可能变为一害啊！正如法国哲学家孟德斯鸠在《论法的精神》一书中所说：“权力不受约束必然腐败。”英国思想史学家阿克顿也在《自由与权力》一书中写道：“权力导致腐败，绝对的权力绝对地导致腐败。”

第三进“大雄宝殿”，建制五间，重檐歇山顶，是少林寺的中心主殿，也是少林寺最大的佛殿，更是全寺佛事活动的中心场所，极其雄伟。“大雄”是佛教教主释迦牟尼的德号，是对他的道德、法力的尊称。因殿内供奉的主尊像是释迦牟尼，故称“大雄宝殿”。该殿至今仍保持着唐代风格，屋顶有鸱尾为饰，形式多样；柱础有莲瓣，精美异常；顶棚有藻井，做成方形、圆形或多边形的凹面，上有各种花纹、雕刻和彩画。整个殿宇就是一个完整、精美的艺术品！殿东侧的钟楼，高达10丈，造型巍峨；殿西侧的鼓楼，与钟楼相对，簇拥着大殿。整个少林禅寺的建筑，都围绕着这个主殿，衬托着这个主殿，突出着这个主殿，体现了佛教建筑维崇中心的理念。

试想，一个国家、一个单位以至一个家庭，没有一个强有力的中心行吗？

少林寺是史。在钟楼下，有“李世民碑”，唐玄宗开元十六年(公元728年)立，碑文主要内容是表彰少林寺僧助唐平定王世充的战功，右起第五行还刻有李世民亲笔草签的“世民”二字呢！碑的下部刻裴崔撰文并书丹的《皇唐嵩岳少林寺碑》，记述了跋陀开创少林寺至唐开元十六年间200多年的历史事件，可谓一部珍存的“少林史志”。江泽民同志考察嵩山少林寺时兴趣盎然，频发感想，挥毫题词：“少林文化，人类遗产。”此碑刻立于鼓楼之下，与钟楼下的李世民签字碑对应，更使嵩山少林增辉！

少林寺是华夏文化的荟萃之地，体现了中华民族海纳百川的文化包容精神。在少林寺《大唐天后御制诗书碑》的背面，有象征权威至上的《三教圣像碑》。碑面上那一个圆形图案，从正面看，中间的头像是佛家的鼻祖释迦牟尼；掩其左图，右侧头像是儒家的至圣先师孔子；掩其右图，左侧的头像又成了道教尊崇的始祖老子。该图为明代大学者朱载堉精心绘制。一个圆圈使华夏文化的三个支柱佛、儒、道融为一体，以最为形象的方式阐述了三教合流的思想，堪称一绝！而那唐肃宗李亨的《三教圣像赞》：“佛教见性，道教保命，儒教明伦，纲常是正。”则又是对嵩山少林文化现象的精辟总结——“百家一理，万法一门”。谁人不为少林文化之伟大深邃而骄傲呢？

拾级而上，到达法堂。法堂又名藏经阁。殿中央供奉释迦牟尼玉石卧像，身长7米，端庄慈祥。殿内藏有木版藏经，有《金刚经》、《华严经》、《十地经》等数百种万余册，此乃佛之法典所藏之处也。法堂月台下有元代著名少数民族书法家康里巎巎书写的《大元重建萧梁达摩大师碑叙》刻石和明代的大铁锅一口、大石磨一盘，皆为少林寺历史和寺僧生活实物。

建筑是凝固的音乐，实物是有形的文化！

第五进为方丈室，是寺中住持僧(方丈)起居与理事的地方。因为清乾隆十五年(公元1750年)高宗弘历游嵩山时曾在此室住过，所以又称“龙庭”。我与少林寺现任方丈释永信多次在此谈禅，认为古老神奥的少林文化，只有顺应时代的发展、与时俱进、开拓创新、与世界文化接轨、走向世界，才能增加活力、增强生命力、增大辐射力！

2006年3月22日，俄罗斯总统普京访问少林，曾在方丈室品佛茶,在台上观看少林武功表演。普京的两个女儿拜少林高僧为师,学习少林武术,向父亲推介少林。普京访华,专赴少林寺。他惊叹中国功夫之神奇,高兴得竟一手托起少林僧童放在自己肩上,此举惊动了世界。一刹那,数万少林洋弟子“归山朝圣”,学禅强身,祈祷和平,少林高僧也频频组团出访,在全世界形成了新一轮的“少林冲击波”,少林文化宛如一株迎风怒放的鲜花,香飘万里,开遍五洲。

“少林,是世界的少林;少林文化,是世界的少林文化。”时任河南省委书记、省人大常委会主任徐光春向普京总统如此详介少林文化。君不见,方丈室中央,有印度高僧菩提达摩一苇渡江在少林传法图像;方丈院南边小房的墙壁上,镶有宋代书法家蔡京写的“面壁之塔”等刻石;方丈室前檐东端,钟架上悬挂一口元代至元二年(公元1265年)的铁钟,钟上铭文记有当时少林寺“住持嗣祖传法沙门息庵”和日本僧人邵元的名字。这些皆为中外文化交流的珍贵实物。

方丈室后,登上12级台阶,即见一精致佛殿,名“立雪亭”。殿内神龛中央供奉铜质达摩坐像。额悬清高宗弘历所书“雪印心珠”横匾,说的是达摩收徒、慧可断臂立雪的禅宗故事。慧可俗姓姬,初名神光,洛阳武牢人,自幼博览群书。相传一日他正默坐读书,忽听一神人谓之曰:“欲修正果,大道少林。”他遂到嵩山,但达摩并不收他。冬日的一天,达摩端坐法堂,天降大雪,神光立法堂门外一天一夜,积雪过膝,仍不离去。达摩劝之,神光哭曰:“唯愿和尚慈悲,开甘露门,广度群品。”达摩对曰:“要得袈裟,除非天降红雪。”神光遂抽出利刃,“唰”地砍断左臂,顿时血溅,染红寺院。神光跪达摩座前:“天降红雪!”达摩见其心诚,便收之为徒,赐名“慧可”,授以真传。慧可弘扬佛法,时有创新,后被称为“禅宗二祖”。

精诚所至,金石为开。中外成功者,谁不如此?

当代社会,有智者与时俱进,悟禅理有七心得:“一是示弱而不

雪中禅寺

逞强，示拙而不逞能；二是不懂装懂是聪明，懂装不懂是智慧；三是忍人之所不能忍，方能为人之所不能为；四是身做好事，言说好话，心存好念；五是大悲无泪，大悟无言，大喜无声；六是心中有佛，在家也是出家，心中无佛，出家也等于在家；七是君子之交，随方就圆，无处不自在。”此有道理否？

在少林寺内，每座大殿前都有高高的石阶。寻品神奇文化，拾级而行，与时俱进。当你到达寺中最后一座建筑时，回首山门，此处已高出山门26米之多了。

第七进千佛殿，即“毗卢阁”。依山劈基，明末重建，因殿内供奉毗卢舍那佛像而得名。殿中间大型木制神龛中，供有铜制莲花座毗卢佛像。清乾隆帝亲为佛像撰书对联：“山色溪声涵静照，喜园乐树绕灵台。”额书：“法印高提。”天下功夫出少林。殿内砖铺地面上有并列4行48个少林拳“站桩坑”，可见历代少林僧人练拳习武的功力之深。每一个脚坑都凝聚着少林功夫的深刻底蕴，为少林悠久武学的历史见证。殿内东、西、北墙壁上，有晚明无名氏画的《五百罗汉朝毗卢》巨幅彩色壁画，画面人物肌肤袒露部分呈现各种色彩，都面朝殿中神龛佛像，把大殿艺术融为一体，充满了现实主义与浪漫主义色彩。壁画面积320多平方米。画面分为三层，上层背景为山林，中层是风云，下层是水浪。分开看，33组人物，各表达一个佛家生活故事；整体看，500罗汉围着殿中端坐的毗卢大佛。人物“转像”艺术手法达到了炉火纯青的地步，可谓国内佛寺壁画之精品，人称少林寺“镇寺之宝”。

与时俱进！2003年，中共河南省委常委、郑州市委书记李克，市长王文超诚邀世界著名大师，竞标少林文化景区规划，把景区面积进行扩大，把景区少林文化之内涵进行拓展。2006年9月《禅宗少林·音乐大典》实景剧成功推出，把人带入新的境界，于无觉处提高，于无感时净化！

君不见，千佛殿北墙左边有一个罗汉托起一尊佛，还有一个罗汉作拱手状，双目圆睁，无论你站在哪里看他，他都在微笑着看你呢……

2006年11月

【吴元成评】

与时俱进是少林文化兴旺发达的根本所在。曾随作者游少林，游人倾听不忍去。此文堪称解说少林、解读少林之经典范本。

【刘秋珍评】

时空变换，作者掌控自如；景致纷呈，读者目不暇接。文章从荒凉处写起，以兴盛时收笔，在叙述中深化主旨，在体悟中升华感情。

河南省篆刻委员会副主任能新华刻《与时俱进看少林》

第二编

嵩山秋叶别样红

嵩山，泉水丁冬

“泉水丁冬，泉水丁冬……”

我不是音乐爱好者，可“泉水丁冬”的歌声却时常在我耳畔萦回。因为我爱那汩汩不停向前流淌的山泉。

七月，当我漫步登临我国宋代四大书院之一的嵩阳书院，首先听到的就是那潺潺而下的山泉流水。

“丁冬，丁冬……”泉水是诗。

我倚山而伫，放眼远眺，它曲曲弯弯，时而从乱石中荡然而出，流水宛如素玉簇滚，时而又从山岩上飞瀑而下，水势如同玉龙飞腾。嵩阳的山泉没有山洪那样凶猛，但它却比山洪持久，无论晴天雨日，黑夜白昼，永不枯竭。人们在上游砌下水池，引出水管，导入村内户中，泉水顺从人们的意愿，乖乖地流进山地，滋润茁壮的禾苗，水波在阳光下像鱼鳞一样一闪一闪。

“是自然的美，是美的自然？绝无人迹处，空山响流泉。”回味着诗人的名句，我顺流而下，不由登阶而入嵩阳书院，幅幅彩色画面立即映入眼帘。看着那苍劲古朴的“将军柏”，五彩缤纷的亭阁丽舍，巍然屹立的唐代巨碑，身心犹如进入仙境。一位老汉告诉我，古时，东海有位鹤发仙翁驾云西游，听到这里山泉妙声遂按落云头，觉得这里生气勃发，清幽典雅，说是“藏龙卧虎”之地，即下凡人间，办起学堂,传教求贤。随后,白居易在此学诗,范仲淹、司马光在此求学,历代人才辈出……

多好的传说!

“丁冬,丁冬”,泉水像警钟。它叩击人的心扉。回首往事,残迹犹存,静而思之,心里像针扎一样难受。

我清楚地记得,在那“史无前例”的浩劫中,一个狂风呼啸的夜晚,造反派把正在批改作业的老师揪到这里,把写着“修”字的高帽强行戴在她头上,当面焚烧了用黄纸印成的所谓“黄色”书籍,把作业撕毁扔进溪中,批判她为什么鼓励学生学习古人,力争早日“成家”;我清楚地记得,寒风中,飘动着她缕缕的白发,回荡着她嘶哑的声音,年迈的老师受不住“车轮战术”的攻击,最后昏倒在小溪里,头上碰出的鲜血随着溪流东去。

“丁冬,丁冬”,泉水像琴。那悦耳的琴声寄托着人们的美好向往……顺着小溪,我来到一块兀出的大石旁,看着流水冲击溅起的浪花,心中荡起阵阵涟漪。

小溪生春草,园柳变鸣禽。我曾和教育局老吕同志攀谈,他说,铲除“四害”,石板上长出了灵芝草,嵩阳书院办成了师范学校,真的“飞龙出虎”了。盘桓亭院,我游目瞻视,这里电线纵横交错,新建的教室宽敞明亮,棵棵幼松苍翠欲滴。时值暑期,有许多同学却留校攻读,教室内,有人在挥笔疾书;树阴下,有人在俯首商讨;山石上,有人在放喉高歌。

“丁冬,丁冬”,前有古人,后有来者,泉水在讴歌,在赞美!我俯身掬起一捧泉水,猛饮几口,觉得像蜜一样甘甜。

“丁冬,丁冬”,泉水像前进的脚步、进军的鼓点……它冲破地壳的压力愤然喷出,有不可战胜的力量;它素朴无华,没有凌人的架势、咆哮的气魄,只会默默为人类造福;它有着奋斗的意志、坚忍的毅力,分秒不停地冲击着阻路的山石,对前途始终充满着希望;

中国书法家协会主席启功书嵩山《流水》

它从不为自己的身躯细小而气馁，只知向着江河大海，奋力向前……

（该文是作者大学三年级的习作，原载1980年第11期《河南大学报》）

【吴元成评】

形散而神不散，散文之法。全篇文笔优美，更从自然之泉汲取奋斗之源。

【刘秋珍评】

“丁冬，丁冬”，如琴似钟，时而愉悦，时而警醒。语调抑扬，富有音乐美；结构整齐，呈现建筑美；情感充溢，饱含思想美。

嵩山秋叶别样红

金秋十月,秋高气爽,登高望远,层林尽染。

我和朋友们一起,登嵩山,观红叶。

清晨,司机小陈引我们穿山越岭,跋涉在崎岖小路上。9点,行至少室山下。

“爸爸,红叶,嵩山的红叶!”张羽、杨博的喊声,使同车人为之一振。透过车窗望去,小路旁,山崖上,柏树林里,绿草丛中,簇簇红树正洒落着片片红叶……

三皇寨到了。三皇寨位于少室山主峰之西,海拔1200米,山体陡峭险峻,山顶宽平如寨。据说,公元1213年金宣宗受元兵追击,曾率兵扎寨于此,按兵阵建大、中、小三寨,故称之。这里山崖刀削,四周涧深,望之目眩;山上云雾缥缈,水帘悬垂,郁郁葱葱,红叶点点。

张羽攀上一棵小树,摘下几片红叶,轻轻地摸啊、摸啊。“我要带回郑州,送给李老师。”老师,在孩童的心里是崇高的,也是神圣的。当孩子有心爱之物时,没有忘记教给她知识、本领的老师。

丽日高照,秋风飒然。举目远眺,一簇簇嵩山红叶在翻腾涌动,像喷焰的火,放出斑驳陆离的色泽。走进林中,仔细辨之,这些高扬在黄栌、棠梨、槲叶、野山楂枝头的秋叶,有绛红的、粉红的,有绯红的、猩红的,有褐红的、紫红的,没有任何粉饰,红得自然天成。这是大自然给人类的礼遇,给人类的启迪。在漫漫的人生旅途中,人应像红叶一样忠诚老实,像红叶一样豁达善良,像红叶一样各显本色，像火一般燃烧，为世界的美丽献出光和热！

登山顶的路好险啊！“一、二、三……”好友们一一数着。台阶消失了，只有手拉登山铁链，脚蹬石窝，穿过青崖绿苇，登上八步山坪，翻过鹞子翻身处，方到达南天门。回首望去，羊肠小道弯曲缠绕在陡坡峭崖上，真是一夫当关，万夫莫开！

“爸爸，我累！”大人尚且气喘吁吁、大汗淋漓，小孩登山叫累也就不奇怪了。“山顶有更好的红叶，上不上？”“上！”张羽大眼一眨一眨，“我爬着上，不累。”有一位伟人说，伟大的动力来自伟大的目的。孩子们为找到更好的红叶，小手扒着山石，屁股撅得老高老高，一步一步用力爬着前进。中午时分，我们的身后留下了“猴子观天”、“古榆迎客”、“一线天”、“长寿泉”、“峡谷洞天”、“石壁天书”等奇景。待过了“空中栈道”，俯瞰那道下的万丈深谷时，女儿紧紧抱着我。是后怕，还是喜悦？只见她把手中的一束红叶握得更紧了。

险峰高处，风光无限。夕阳西下，游人流连。余晖里，片片红叶在绿树丛中溢朱流彩，泛着点点辉光，如璀璨的云霞，红得绚丽夺目。我遇到一位社教工作人员，谈及农村情况，他说在基层第一线，和群众一起工作、学习、生活，增长了不少见识，学到了书本里没有的知识。我们一起在红叶树下留影。望着漫山遍野的嵩山红叶，我想，如果她单独伫立，人们也许还注意不到她特有的风韵，只有融于大自然之中，才能形成壮丽的景观，产生特有的美的价值；一个有知识、有理想、有抱负、想干大事业的人，也只有到广大群众中去，在实践中苦干实干，才能成就事业，绘出更新更美的画图。

“葱茏碧树千崖秀，如火红枫万壑幽。远眺八方天尽染，高峰谁不放歌喉？”站在山巅，放眼望去，山风习习，百岭逶迤，怪石林立，万山红遍。一位游客说，少室山有泰山之雄、华山之险、黄山之秀、庐山之奇，尽管目前还缺少旅游服务设施，但那满山的红叶就足以让人陶醉了。

背倚擎天石柱，我回想起已经艰难攀登过的坎坷山路；看着树树红叶，我觉得她像殷红的血，红得耀眼，红得庄严，红得炽烈！少室山曾是共产党豫西抗日先遣支队抗击日寇的地方，老百姓说，是革命战士的血染红了嵩山的土地，染红了嵩山的片片红叶，是党和政府带领群众用勤劳的双手修建出这风景独秀的森林公园，用滴滴汗水浇灌出这满山树木，才使红叶更鲜、更艳！这红叶是不屈不挠、积极进取的象征，我们应该永远保持这种坚定正直、昂扬向上的精神！

"我爱嵩山红叶！"张羽等众儿童在呼喊，嵩山发出阵阵回声。

嵩山秋叶别样红。我爱红叶，尤爱嵩山红叶。我把她珍存在书中、心中，永远、永远……

（该文原载《河南日报》1991年11月6日）

【吴元成评】

天下秋叶红，君独爱嵩山。夹叙夹议，有景有趣有思，似诗意红叶值得反复把玩。

【刘秋珍评】

绘景擅着色，说理有隽语。作者通过嵩山红叶这个载体，提醒人们发现美、热爱美、感悟美、珍藏美，文短情长，引人遐想。

太室阙

中岳嵩高太室阙

中岳庙南太室铭，汉代文化刀刻清。
阙基巨石显宏阔，阙身浮雕见威风。
阙顶瓦当雄兵在，阙文篆隶信笔成。
细看段前标识圆，排版第一世界惊！

在河南大学读书时，我的老师高文教授曾给我讲中岳嵩山“汉三阙”之珍贵，还送我一本他的专著《汉碑集释》。此书不仅对国家重点文物保护单位太室阙、少室阙、启母阙的漫漶文字进行了认真的辨识，而且考释审慎，语多中的。

何谓阙耶？阙为我国古代设置在城门、宫殿、祠庙前的“门户”。《诗·郑风·子衿》有“挑兮达兮，在城阙兮”，谓城门前面的建筑为阙；据史书记载，也有把阙称之为“象魏”或“观”的。《周礼·大宰》载：“正月之吉……乃悬治象之法于象魏，使万民观治象，挟日而敛之。”象魏者，阙也。《礼记·礼运》曰：“昔者仲尼与于蜡宾，事毕，出游于观之上，喟然而叹。”观者，门阙也。

秦汉时代，中国封建社会如日东升。辽阔的版图，丰饶的土地，勤劳的百姓，成为统治者施展抱负的强大根基。统治者生气勃勃、雄姿英发的精神状态，决定了社会文化的基调。到了汉武帝时代，其进取意志使社会文化精神经过一次否定之否定，以更加成熟的姿态，在建筑艺术上得以体现。西汉时，皇宫门的阙是皇权的象征，多建造得高大庄严。《史记·高祖本纪》载："萧丞相营作未央宫，立东阙、北阙……高祖还，见宫阙壮甚，怒，谓萧何曰：'天下匈匈苦战数岁，成败未可知，是何治宫室过度也？'"其后在洛阳兴建的朱雀阙则更为宏伟。据载："偃师去洛阳四十五里，望朱雀阙，其上郁然与天连，是明峻极矣！"秦皇汉武都以好大喜功著称于史。站在阙前，我们把目光的聚焦点从他们个体的行为散射到他们所处文化背景的辽阔时空，便不难发现，他们的气势恢弘的门阙建筑举措，乃秦汉时代宏阔文化精神政治化的极端体现。

建筑与雕塑可以视为时代文化精神的物化立体组合。不是吗？细考之，太室阙位于太室山南麓中岳庙门前513米的中轴线上，建于东汉安帝元初五年(公元118年)。太室阙分东西两阙，阙门间距有6.75米。东阙通高3.92米，西阙通高3.96米，在当时堪称高大庄严。细察之，东西两阙结构完全相同，由阙基、阙身、阙顶三部分组成，而每阙的正阙和子阙阙身联合成一体。在琢刻整齐的青石上，西阙上部额文"中岳太室阳城"清晰可见。阙石上刻有车马出行、怪人、供养人等人物，还有四神、羊头、禽兽、树木等图案，再现了汉代的文化艺术，其技巧高超令人赞叹！阙顶除四角垂脊各为叠瓦脊外，南北两面各雕五条瓦垄，东西两面各三条。正脊用一块整石雕成，高3厘米，宽33厘米。脊两端向上翘起，正面刻扣合的瓦垄，两侧面各雕6个瓦当，其排列为上一、中二、下三，是汉代建筑常见的叠瓦脊做法。

高文先生对太室阙铭文加以注解，前段为赞颂岳神灵异、功德无量的颂辞，辞曰："囗惟中岳泰室崇高神君，处兹中夏，伐业 純。春生万物，肤寸起云。润施源流，鸿蒙沛宣。并天四海，莫不蒙恩。圣朝肃敬，众庶所尊……"而后段为题刻的官职姓名。令人诧异的是，每段之前均以圆圈作标识，不但为汉代石刻文字所罕见，而且成为当代印刷排版领句之鼻祖。

太室阙铭刻于东汉安帝元初五年(公元118年),是东汉中期的隶书,其笔画匀称,结构方整,疏密有致,流动不羁。总的说,笔画已“变圆为方,削繁成简”,但在转折运笔中仍保留有明显的篆书意味。铭文虽因风化剥蚀较重,但从其运笔仍可看出是信笔书写,并无森严的法度。我们从此可以看出汉代民间书体由篆演化为隶的变化过程。

古代之阙有何用?

归纳起来,阙之用途大致有三:其一,表示大门,贵贱有别。这门阙,谓天子号令赏罚所由出也。古人以阙饰门,乃别尊卑也。其二,悬挂典章,昭示国人。陈澔注《礼记·礼运》云:“两观在门之两旁,悬国家典章之言于上以示人也。”其三,朝臣陛见,思缺补遗。《水经注·谷水注》云:“阙者,上有所失,不得书之于阙,所以求论誉于人,故谓之阙矣!”

站在汉代太室阙前,不能不让人感到振奋!这1800多年前的雄伟石雕,为我们展示出昔日中岳嵩山文化的气魄和风采。那长篇的铭文书法演变和内容丰富的画像,是汉代历史宏阔文化精神的回声!

1994年11月

【吴元成评】

临阙求所失,登门入其室。太室阙为中岳神之门户,烛照千秋。

【刘秋珍评】

本文汲取汉赋的写作手法,采用“问答体”行文。以“何为阙耶”、“古代之阙有何用”结构全篇,言简意繁。

启母阙

大禹功耀启母阙

启母阙位于太室山南麓万岁峰下的阳坡上，是颍川太守朱宠于东汉安帝延光二年(公元123年)建造的。

研究启母阙,离不开启母庙和启母石。

我们从启母阙向上走约200米,可见一巨石,高约10米,石之北部下面原有明隆庆三年(公元1569年)蒋机立的石碑一通,记述了《淮南子》中大禹治水的故事。

禹王来到嵩山治水,为打通轘辕关,他化为熊,凿山开路,叫妻子涂山氏听到鼓声才去送饭。一日,禹化熊推山岩,岩倒,石误中鼓。听到鼓声,涂山氏赶去送饭,看到自己的丈夫竟是一头熊,便丢下饭篮,羞愧而去,至太室山下跌倒,化作一块巨石。禹王追来看到巨石,想起妻子十月怀胎,还未分娩,大为悲痛,连喊:“还我孩子,还我孩子。”突然轰的一声,石破,北方蹦出一子,此子即为启。人们称此巨石为“启母石”。

透过“启母石”这一神话传说,可以看出夏民族祖先崇拜以及祭祀生殖之神的习俗。中国古代各民族的先妣高禖,是掌管氏族婚姻及繁衍子孙的神灵。《后汉书·礼仪志》曰:“仲春之月,立高禖祠于城南,祀以特牲。”有注云:“高禖者,人之先也。故立石为主,祀以太牢。”显然,古代高禖神的神主乃一块大石头,而夏人的高禖就是启母涂山氏女，这个启母石当是夏族的先民在此祭祀其先妣涂山氏的神主。试想，这启母石岂不是社会生活的反映？

启母庙今安在？我们仔细考察，会发现启母石南10多米处，启母阙的中轴线上有块平地，地上多断砖残瓦，瓦上多饰绳纹、菱形纹，确系汉代遗物。这恐怕就是启母庙的遗址了。

找到启母庙址，我们在庙前寻见启母阙。当管理人员打开护阙的房门时，只见阙门间距约7米，现存东阙高3.18米，现存西阙高3.17米，其整体结构和太室阙是基本相似的。阙身后面镌有铭文，内容分两部分，前12行为题名，而13行及之后为四言的颂辞和仿楚辞体裁的赋。据《汉碑集释》补正可见：

“昔者共工，范防百川，柏鲧称遂。”柏鲧，即崇伯鲧，夏禹之父。说伯鲧用共工围堵治水的办法，终于又失败丧身。

“囗囗其原，洪泉浩浩，下民震惊。”谓面对浩浩之洪水，人皆就高而居，老百姓是相当困苦的。

“禹囗大功，疏河写玄。”疏，为通；写即泻，古通用；玄，为玄冥之略称，此处指洪水。说的是禹王治水的成功是以疏通泄洪的方法取得的。

“九山甄旅，咸秩无文。”九山，意九州，均言其多；甄，通整，即整旅以归之意。说的是九州之水依次归去，不在礼文者，皆秩次而祀之。

“爰纳涂山，辛酉之间。”说的是禹王辛日娶涂山氏为妻，至于甲四日，复往治水。

“三过亡入，实勤斯民，同心济隘。”谓禹王八年于外，三过家门而不入，一心一意治水，勤劳踏实为民造福。

阙铭赞颂了禹为征服洪水三过家门而不入的可贵精神。在阙铭的后一部分说：“守一不歇，此性乾坤……千秋万祀，子子孙孙。表碣铭功，昭眂后昆。”说神灵守一不二，不间断的佑民精神，可比天地之久长；立阙刻文以记大禹功德，使其光辉的业绩永远为后世所铭记。

站在启母阙前，我看到，虽然它历经沧桑风雨，损坏严重，但从中却折射出一种令人崇敬的精神，这就是大禹为民造福的精神。人们感其诚、恤其苦，为他建造此阙。进而，我又想起曾参与营造此阙的汉颍川太守朱宠。朱宠是东汉安帝、顺帝时颇有声望直言敢谏的大臣，在他死前，一变汉代权贵厚葬之风，遗令薄葬，云："吾本寒贱诸生，才非周干，横受朝恩，位过其任，不能竭身报国，负责深重。身殁之后，百僚所赙赠，一无所受，素棺殡敛，疏布单衣，无设绂冕。敛毕，便以所有牛车，夜载丧还乡里，勿告群僚，以密静为务。"朱宠为大禹立阙，而他自己也以难得的品德昭彰后人。我想，这也许是大禹精神带出来的，至今，我们不是仍提倡光大那为官清正、造福人民的精神吗？

启母阙是历史的记录，生活艺术的再现。阙石有驯鹿、俳俑、怪兽、斗鸡、狼逐兔、鹤逐鱼、虎斗牛等浮雕，还有人们踢足球、对马双骑、观蛇穿环等图案，是研究中国文化史的实证，何等珍贵啊！

有诗为证：驯鹿逐兔斗虎牛，开山治水踢足球。夏功汉业留嵩山，璀璨华章万世留。

启母阙，你将与大禹精神同在！

1994 年 12 月

【吴元成评】

开天辟地，启发华夏。治水之道，同于治民；疏导之法，概莫能外。

【刘秋珍评】

作者"体物写志"，尤重"写志"。从神话传说到科学考证，作者所要讴歌的不是启母阙，而是通过它来赞美大禹和大禹身上体现出来的精神——为民造福！作者胸襟可见一斑。

汉风流韵少室阙

嫦娥奔月虎逐鹿，婵娟踢球狐追兔。

欲知东汉艺术美，请到少姨庙寻古。

汉代由于封建帝国的高度集中和统一，经济有了迅速的发展。现实生活与悠久的民族文化传统融为一体，在艺术上得以表现，尤其是在少室阙石雕画像上，向人们呈现出一个五彩缤纷的大千世界。

少室阙，位于少室山东麓，背临少林河谷，面对少室山，阙之东南1公里即十里铺村。少室阙两阙间距近8米，东阙通高3.37米，西阙通高3.75米，阙身用长方石块垂直垒砌在阙基上。阙之画像多达70余幅，虽因露置荒野而久经风雨剥蚀，有的画面已漫漶不清，但其丰富的内容、古拙的外貌和深沉雄大的气势，再现了汉朝文化的真实风貌。

其一，由于楚文化对社会的影响，艺术在反映现实生活时，表现出夸张与浪漫的特点，使人之思绪扬起自由飞翔的翅膀。比较突出的有：

蹴鞠图。蹴鞠，古足球运动。相传为黄帝所创，战国时期比较流行，到了汉代，爱好者甚多，已趋规范化。以鞠为球，球场为长方形，外绕墙两端各有6个鞠域(球门)。为集体对抗性游戏，每队6人，又各有6个守门员。以足踢鞠入域，多者为胜。在少室阙上雕有此类画像。据《西京杂记》载："成帝好蹴鞠，群臣以蹴鞠为劳体。"汉代的鞠

少室阙

以皮做壳，里边塞填动物的毛，故又称“毛丸”。汉武帝及大将卫青、霍去病还将蹴鞠列为军事训练的项目之一。这样普及的体育活动，难怪要入阙之画像呢！

兽斗图。少室阙画像中，有一虎和一牛相斗，兽斗或斗兽在汉代属角抵戏范畴，角抵戏的渊源系由蚩尤戏演变而来。角抵戏在汉代不仅受到百姓的欢迎，而且也得到皇帝的提倡，角抵之风甚盛。汉成帝时，大批胡客来汉，在长阳宫表演大校猎“角抵斗兽”，参加表演的西域人为此还获得了汉朝皇帝封赏的官爵。

马戏图。少室阙刻有马戏表演的画像，再现了汉代杂技的表演形象。汉代杂技和音乐舞蹈统称为百戏。马戏在汉代百戏中占有重要地位。《三国志·甄皇后传》注云：“后年八岁，外有立骑马戏者，家人皆上阁观之。”可见当时马戏表演的精彩。

其二，通过神话传说、羽人等画像，直观上表现出人们对长生不死、羽化升仙的渴望，内涵上反映出人们对现实生活的爱恋和永恒幸福的追求。如《玄鸟生商图》，少室阙之上部刻有一幅燕子展翅飞翔的画面，燕子上雕一昂首鼓腹的龙，说的是“玄鸟生商”的故事。《诗·商颂·玄鸟》云：“天命玄鸟，降而生商。”“玄鸟”就是燕子。商的始祖是契，契是以燕子为图腾的氏族酋长。契虽是商的祖先，但他“佐禹治水有功”，和夏关系密切。画像上部刻有一昂首鼓腹的龙，龙是夏族的图腾。这一画面岂不是反映了夏族与商族的亲密关系？

少室阙月宫画像图。画面雕月中蟾蜍和玉兔捣药，展现出了这一神话故事。汉代人认为蟾蜍即嫦娥的化身，嫦娥是中国古代东夷民族传说中以善射闻名的羿的妻子，羿曾上射十日、下杀豻㺄为民除害。汉乐府诗中有“采取神药山之端，玉兔捣成虾蟆丸”之句，为汉朝人的美好拟想。

羽人图。少室阙刻有羽人的画像。王充《论衡·雷虚篇》说：“飞者皆有翼，物无翼而能飞，谓仙人。画仙人之形，为之作翼。”秦汉以来，上自封建帝王，下至官宦士庶，多崇信方士，幻想长生不老。当时，人们认为要想长生，像仙人一样翱翔天界，就得像鸟儿身生双翼。道家这种升仙思想在我国古代封建社会里，曾产生过深远的影响，已反映到少室阙画像上。

比翼鸟图。少室阙刻有二鸟并立，各有一翼的画像。比翼鸟来源于现实存在的禽鸟，是经过神化的吉祥物，在形象上没有过多的虚幻和雕饰，是雕工根据自己的想象进行创造的，让人们感到新奇和亲切。

其三，在艺术形象的塑造上，给人以强烈的动感。画像作者为表现雕刻物像的内在力量和气势，特别善于捕捉运动中的人或动物瞬间的典型动作，恰到好处地予以夸张。如马戏画像，马上女伎身体的自然后倾以及被风吹起向后飘动的长袖，进一步衬托了马的疾驰和艺人技艺的高超。其雕刻技法，多在一幅画面上用阳线条分隔出若干小格，雕刻个体的画像内容，使之突出醒目。少室阙画像不追求局部的精雕细琢，而是以线写形，以形传神，大大增强了线形在画面上组织物象基本结构的功能，丰富了线条的美感因素，深刻地活化了线的生命力。

名画要作名诗读，古琴兼作水声听。我们的先人用粗犷古拙的形象，显现出磅礴雄浑的气势，构成汉文化鲜明的时代特点，为中国古代文化艺苑谱写了辉煌的篇章。

1995 年 1 月

【吴元成评】

少室巍峨，汉阙存焉。是传说，是历史，更是写真。大汉风貌于此存真迹乎！

【刘秋珍评】

描摹图画，惟妙惟肖；勾勒古事，栩栩如生；探究文化，精益求精！

东瀛禅源结少林

“邵公撰写照公塔，仿佛唐僧留印年。花落花开沤起灭，何缘哀痛着陈言？”1973年4月17日，全国人大常委会副委员长、著名考古学家、大文豪郭沫若说：“昨见息庵禅师碑，乃邵元所撰，法然所书，今见少林寺照公和尚塔铭，乃邵元撰并书。首座日僧，仿佛三藏法师游学于印度时也。‘沤起沤灭，花落花开’，颇有禅味……”郭老有诗言：“息庵碑是邵元文，求法来唐不让仁。愿作典型千万代，相师相学倍相亲。”

1994年8月，我患眼疾病倒了。在病中学习背诵郭老的《少林寺息庵碑》和《少林寺照公塔铭》诗，回想正直善良之君子所遭小人嫉妒、诬陷、打击之事实，回味郭老那“沤起沤灭、花落花开”颇具禅味之语，我发誓要医疾强体奋起，完成《中国少林文化学》，用不惑之年出的不惑之书，献给党、国家和人民。实在难忘啊！在我最困难的时刻，中央、省、市许多领导和同仁朋友给予了无私的关心、爱护和帮助，支持我把少林文化的研究向纵深发展……

我又倔强地站立起来，医治好眼疾，充分利用节假日，在少林文化研究的路上艰苦探索。我学习了世界文化史，更感到郭老的两首少林诗点出了中日文化交流的精蕴。

中日两国之间的文化交流源远流长。日本历代统治者和民众都积极地汲取中国古代光辉灿烂的先进文化，极大地丰富了日本民族的文化宝库。日本派员前来少林学习少林文化,又回国传播少林文化,既促进了两国人民的友好往来,又丰富了日本民族的文化宝库。反过来，日本文化的繁荣也对中国少林文化产生了很大影响。

到了宋代,以“儒、道、释”三教合一的新理学兴起,嵩阳书院成为全国四大书院之一。为适应日本由武士起家的幕府统治的需要,理学从12世纪至13世纪初传入日本。日本僧侣还将理学与禅宗两种思想融会一体，这种融合后的思想渗入了武家政治。自宋代以后,日本文化逐渐对中国产生逆影响。号称日本书法艺术三大家之一的空海和尚,能写篆、楷、行、草、隶五种书法,其墨迹曾被收入我国书法名家选集之中。日本民族绘画大和绘也受到中国的欢迎。

在今日的少林寺内，存有被郭沫若赞颂的《息庵禅师道行之碑》。此碑为元顺帝至正元年(公元1341年)刻立。日本僧人邵元,号古源,是日本国山阴道但州正法禅寺主持,为著名的双峰和尚的继承人。他于元泰定四年(公元1327年)来到中国,初到福州,又到天台山、天目山、五台山,先后游历了许多名山大川,大大增加了对中国历史文化名胜的了解。邵元于元泰定六年(公元1329年)来到嵩山少林寺久住,精修少林禅法。息庵(公元1273~1340年)主持少林,行百丈清规,积岁弊风,翕然鲁变,道化日新。邵元与息庵住持关系甚厚,为少林寺执事僧,担任书记职务,后当了首座和尚,协助息庵禅师共同主持寺内事务。息庵禅师圆寂后,邵元认为息庵的道德可“与嵩山争高”,写道:“五乳峰下,凤翔龙吟;递代相继,以心传心;惟息庵师,耀古腾今”。邵元和少林寺的许多僧人都结下了深厚的友谊。

元顺帝至正七年(公元1347年)邵元回日本国,住大圣、待持、东福等寺。邵元撰写的《息庵禅师道行之碑》之内容,反映了邵元和息庵禅师之间的深厚情谊及古代中日两国人民之间的友好关系。邵元书丹的《照公碑》，现存少林寺塔林，为元后至元五年(公元1339年)所建，说的是息庵的师叔菊庵法照(公元1256~1323年)之事，其汉文书法，方正流畅，势高峰秀。《息庵碑》和《照公碑》不仅是两篇精妙的佛学论典，而且为我们研究少林文化的发展留下了宝贵的资料。郭沫若说："如此佳话，愿广为流传，以为中日两国相互学习之样板。"

明代，中国少林文化继续流入日本，中国书籍仍同生丝、绸缎、陶瓷、药物一起输往日本。日本僧人亦到少林学禅。现存少林寺的《淳拙禅师道行之碑》，为杭州灵隐景德禅寺住持蒲庵来复撰文。淳拙文才(公元1273~1352年)，是少林寺曹洞宗雪庭福裕一系的传法之人，在佛教理论上有所建树。他主持少林寺期间，修建了少林寺最高的建筑——钟楼，为少林寺修建了储备粮食的庄园，尤其是完成了息庵长老在世时经过努力但没有完成的《大元重建河南嵩山少林禅寺萧梁达摩大师碑》，这是至今少林寺全面记述达摩事迹及其思想的唯一的一块巨碑，是研究达摩史迹不可多得的依据。淳拙文才年80而圆寂，火葬得灵骨五色。撰文者蒲庵来复对淳拙甚为推崇，认为只有像淳拙这样"卓然见祖道"，又能"一衲泊然"的僧人，才是真正的"中原大僧"。该碑由日本僧人德始书丹，书法工整秀丽，结构完整，立于明洪武二十五年(公元1392年)，是继元代以后又一件反映中日文化交流的珍贵文物。

在近当代的中日文化交流中，比较著名的人士有日本大和尚宗道臣等。他1936年曾来嵩山少林寺，举行了继承法脉的仪式，正式拜少林和尚、后任少林寺名誉方丈的德禅大师为师，学禅、学少林拳法。宗道臣回日本国后，开创了日本少林拳法，任日本少林拳法联盟会长、日本少林寺武道专门学校校长。1979年4月14日，他又远渡重洋，重回少林寺，归宗朝圣，在少林寺碑林立《宗道臣大和尚归山纪念碑》。碑文曰："少林武术，缘起中州，名冠天下。日本国僧人宗道臣入嵩山禅林修得少林拳，归国后开创少林寺拳法，饬兴三法，二十五系，六百数十技，使中国传统文化得以在日本生根、开花、结果。法师在日本传授少林寺拳法，同时弘扬中日友好事业之要义，并率先实践。1979年4月，法师于下山40年后重访此地，使日本百万拳士对中日友好事业怀抱之热忱空前高涨。为纪念法师重访嵩山，并祝中日友好前程似锦，特立此碑。"在此碑揭幕时，日本内阁总理大臣大平正芳、日本文化部大臣谷垣专一等官员都发来了贺词。

中国共产党十一届三中全会以来，改革开放的春风吹遍祖国大地，作为内陆开放城市的郑州，作为五岳之中的嵩山，作为"天下第一名刹"的少林寺，也迎来了中外文化交流的春天。

1991年9月10日，嵩山少林张开了她热情的双臂，拥抱参加中国郑州国际少林武术节的各国运动员、教练员、领队、记者等1000多人。登封县委、县政府举行隆重的"迎宾典礼"。登封县城的中岳大街上，排满了3 万多人的欢迎队伍，呈现出"五湖四海八方英雄会中岳，一山一寺一腔热情迎嘉宾"的恢弘气势。威武的军乐队，奏起了奔放的迎宾曲，40面嵩山排鼓，擂动着动人的鼓点。长长的花束队，跳起了欢快的舞蹈。具有少林文化特色的民间文艺表演队，表演着《花篮阁》、《摇山洞》、《仙女散花》等一个个戏曲片段。海外华人有一种寻到祖根的感觉。外国的朋友，则认为与西方文化是一个鲜明的对比，都不约而同地举起摄像机和照相机，记录下这充满东方风情的动人场景。国内外游人在少林感到祖庭情深，在武术馆感到友谊长存。许多国家的武术团队在看了纯正的少林武术表演后，深深为之折服，韩国一个气功协会的会长找到少林武术馆负责人，希望立即签订协议，表示一个月后即派人员前来少林学习……

1992年以后，中国郑州国际少林武术节连连举办，获得巨大成功，盛况空前。近年来，中国少林武术团曾多次应邀访问加拿大、美国、日本、韩国、新加坡等地，他们在佛寺论禅，在武术馆献功，可谓语惊四座、艺盖群英，使少林文化走向世界，使世界文化融会少林。

我写《少林邵元碑》诗赞之：

日僧邵元来，学禅书铭碑。
息庵任首座，法照撰文归。
处世忌太洁，至人贵藏晖。
往者不可谏，来者犹可追。

1994 年 8 月

【吴元成评】

禅本西来，终又东渡。大同世界，共盼和平。

【李孟武评】

文缘郭老诗，笔探中日谊。文章以时间推移为顺序，以文化交流为主线，展示了少林风采，突显出禅宗地位。

著名篆刻书法家许雄志刻《东瀛禅源》

少林建寺1500年庆典实录

人说“千载难逢”。1995年9月3日，嵩山少林寺迎来了建寺1500年庆典。

上午8时，我和中外专家、来宾随着威武欢快的迎宾车队，向禅武圣地少林寺缓进。

通往少林寺的路洁净整齐，路两旁的翠柏生机盎然。细雨蒙蒙，给少林蒙上了神秘的色彩；雾霭重重，使嵩山成为圣山。

今日的少林寺，从山门前广场到寺院内各大殿堂，都装饰一新。古老的山门上方，悬挂着“隆重庆祝中国嵩山少林寺建寺一千五百周年”横标。山门前，高15米的旗杆威严伫立两旁，杆上的杏黄色旗帜迎风招展。

正对着山门的讲台为方形，高有1米，被红毯镶嵌。方形讲台左右两侧是呈扇形摆放着120个座位的主席台，坐满了中央、省、市的有关领导和海内外佛教界的知名人士及贵宾。我作为礼宾陪同河南省副省长李成玉坐在右前台上。

山门内外，人山人海。宽5米、长300米的红色地毯，从山门前的台阶一直铺到寺院内法堂前，形成一条红光灿烂的通道。通道两旁列队站立200名手持各种仪仗的僧人。从天王殿到大雄宝殿的各个殿堂前后，台阶栏杆上下，平台内外，摆放着由3000盆红、黄、紫色的鲜花组成的呈现不同佛教特色的图案，装点着彩绸和浮雕法轮；

1500朵不同造型的荷花吊挂在苍柏和银杏树上，象征着少林寺千年沧桑巨变和改革开放带来的生机。

庆典开幕式9时开始,在登封市副市长苏海阔先生介绍了来宾之后,庆典由登封市宗教局局长杜心鑫先生主持。

适逢庆典佳日,一向在公众场合难得露面的少林寺素喜大师,也坐着轮椅上了主席台。德高望重的素喜大师委托少林寺印松法师宣布庆典仪式开始,刹那间,礼炮、鼓乐齐鸣!

是时,少室山雾徐徐散去,一轮红日破雾而出,少林寺上空喷出一道道彩虹,这难道是巧合?

少林寺永信法师致辞。他首先向各位领导、诸山长老、各位大德、各位来宾致意。他说:

海内灵岳,莫如嵩山;山中道场,兹为胜殿。少林寺从北魏太和十九年创建至今,跨越了整整一千五百年的历史岁月。在它漫长的历史发展过程中,产生了跋陀、慧光、僧稠、达摩、慧可、邵元、边澄、小山、月空、宜山等著名高僧;出现了达摩面壁、慧可断臂、十三棍僧救唐王、日本僧人参学、少林武僧抗倭寇等动人事迹;留下了寺塔建筑、造像石刻、书法绘画等精美绝佳的佛教艺术品。最终以禅宗祖庭和少林武术两大特色著称于全世界,名扬于海内外。这是先辈的功绩,后辈的自豪。

中共十一届三中全会以后，宗教信仰自由政策得到了认真贯彻落实,国家保护正常的宗教活动和宗教界的合法权益,政府支持宗教团体和宗教活动场所积极搞好内部建设，并多次拨款修缮古建筑;支持在独立自主自办的原则和平等交往、相互尊重的基础上开展国际间的友好交流，这都为寺院的发展和建设提供了良好的条件。特别是近年来,上级政府和登封市的领导对寺院建设非常关心和支持,市宗教管理部门辛苦操劳、鼎力相助,使寺院的方方面面都发生了巨大的变化，古老的寺院在改革开放中焕发出了勃勃生机。少林寺利用自身的特点和优势,在积极开展对外交往和服务于祖国的改革开放及四化建设中作出了应有的贡献，获得了海内外佛教界人士的高度评价和同声赞誉。外缘殊胜,机遇难得,今日的盛会宾客如云,欢声雷动,既是法缘广播的生动体现,也是“黄金纽带”、弘法利生、进一步增进友谊的美好象征。

我们隆重庆祝少林寺建寺一千五百周年的目的在于：继承和发扬少林崇文尚武精神和“爱国爱教”、“庄严国土、利乐有情”的办教宗旨，增进少林寺与海内外佛教界以及社会各界人士的交往与友谊,为祖国的昌盛、民族的兴旺、社会的发展和祖国的统一作出新贡献。

祝愿祖国繁荣富强,人民安居乐业,世界持久和平,诸位六时吉祥。

我认为，少林寺永信法师崇论宏议，一是概述了少林寺过去1500年禅宗文化的特点，二是概论了少林宝刹当代发展之快的原因,三是指明了少林寺今后的发展方向,表达了禅僧的良好祝愿。

紧接着，登封市市长傅文灿先生发表了热情洋溢的讲话,他说：

在纪念世界反法西斯战争胜利和中国人民抗日战争胜利五十周年之际,在宗教界人士落实全国政协副主席赵朴初先生“为世界和平祈福”的倡议之时,中国嵩山少林寺迎来了建寺1500周年庆典大喜。少林寺庆典活动的举行,是佛教界的一大盛事,是嵩山少林寺建寺以来首次举行的一次融宗教活动、文化展示和武术观摩于一体的大型庆典活动,也是登封市认真贯彻落实党的宗教政策,维护宗教场所合法权益的具体体现。它对扩大少林寺的社会影响,促进少林寺与国内外佛教界的进一步友好交往，提高少林寺的知名度,都将产生深远的影响,有着重大的现实意义和深远的历史意义。

嵩山少林寺是举世闻名的禅宗祖庭和少林武术的发祥地,又

著名女画家刘凤仙题赠嵩山《福寿绵长》

是登封市主要的旅游点，在促进登封经济发展、把登封建设成为现代化旅游名城的各项工作中，发挥了积极的作用。

嵩山少林寺作为佛教活动的名刹，1500年来，饱经沧桑，几经兴衰；新中国成立后，特别是改革开放以来，变化巨大，中外瞩目。我们要认真落实河南省委书记李长春同志提出的把少林寺建设成“国际名寺”的指示精神，发挥自身的特点和优势，弘扬中华文化，扩大对外交往，使其真正成为增进友谊、加强合作的“黄金纽带”；我们衷心希望中国佛教协会及海内外佛教界人士，在少林寺今后的发展中继续给予多方指导和大力支持。相信少林寺全体僧众和工作人员，能够在党和政府的领导下，高举爱国主义和维护世界和平的旗帜，发扬少林精神，同心同德，团结协作，把寺院建设好，管理好，为改革开放和经济建设服务，为祖国的繁荣昌盛和人类的和平幸福作出贡献！

“禅灯永耀”。中国佛教协会副会长净慧法师受全国政协副主席、中国佛教协会会长赵朴初先生委托，代表中国佛教协会致辞。净慧法师说：

今天，是中国禅宗第一祖庭少林寺建寺1500周年大喜大庆的日子，我代表赵朴初会长和中国佛教协会各位同仁表示最诚挚、最热烈的祝贺！

少林寺在中国佛教史上的影响和作用是极其巨大而深远的，尤其是在禅宗史上，可以说既是禅源，也是基石。千百年来达摩、慧可禅师的禅法和禅学思想不但使中国禅门心灯相续，而且支派横流，禅风远播，影响了整个东南亚的佛教国家。由此派生出来的少林武术，禅拳一如，威震四方，弘扬了传统文化，振奋了民族精神。

千百年来，少林寺几经兴衰，在改革开放的春风吹拂下，今日的少林寺更是殿宇庄严，名震遐迩。我们相信通过纪念少林寺建寺1500周年的活动，少林寺大众一定会更好地继承和发扬佛教的优良传统，更好地贯彻和落实中国佛协第六届代表会议精神，提高四众素质，加强自身建设，把少林寺的建设和管理工作搞得更好。

"法乳常流"。我和前来采访庆典的中外200多名记者抢拍着历史的瞬间。仪程完毕后，在少林寺僧人陪同下，由礼仪法师迎请海内外著名高僧、居士，国家、省市领导和参加庆典的各团队成员，依次从山门通过欢迎队伍进入寺院，到大雄宝殿参加祈福世界和平佛事活动。

太阳普照，少林寺呈现出热烈、庄重、祥和、吉利、圆满的气氛，彩花撒在人们身上……

1995 年 9 月

【吴元成评】

禅灯永耀，法乳常流。作者长期精研少林文化，对少林精神有独到的发现。

【李孟武评】

千年庆典，千头万绪，作者抓住时间和仪程，突出重点、兼顾全面，渲染气氛、烘托环境，是这一难得的盛典的真实再现，让人如临其境。

著名篆刻书法家许雄志刻《禅宗祖庭》

天下功夫出少林

少林功夫起源于嵩山少林寺，是嵩山地区民间的一种体育活动，有着悠久的历史。

1980年2月，春暖花开，我前往嵩山少林寺采访释德禅大师。

德禅说，少林功夫是随着我国武术运动的发展而发展的。

在我国进入阶级社会时，随着生产力的发展，兵器的进步，武术也进入一个新阶段。商周时期，青铜器冶炼技术有了进一步提高，出现了矛、戈、戟、斧、钺、刀和剑等多种兵器。春秋战国时期，诸侯纷争，战事频繁，武术在军队中得到迅速发展。同样，广大劳动人民为了抗争、防身、健身，也纷纷研练搏击。如齐国就十分重视拳术，倡导技击。《荀子》一书记载，"齐人隆技击"，统治者规定，凡是民间有拳勇而不报告者以蔽才问罪。庄子在《说剑篇》中提到，赵文王喜看斗剑，专门养了3000名剑客，日夜于宫廷中相击。

汉魏时期，比试武艺之风大兴，武术得以进一步发展。据《汉书》记载，有"剑道"38篇，"手搏"6篇。人们酒酣兴起，"使拳"、"醉舞"，各显武艺，以助雅兴。唐代实行"武举制"，推动了民间与官方的演武活动，少林武术也在此时闻名于世。大诗人李白十五岁学剑术，常"一剑一杯酒"，倚剑四方游。宋朝时武术在民间更加普及，街头巷尾常有使拳踢脚、舞枪弄棒之人，"少林拳"、"五虎棍"等套路也于此时出现。到了明清，除了丰富的拳术之外，“十八般兵器”也都齐全了。人民群众在习练武功、繁衍拳术之中，创立了不同的流派。

听了德禅大师的点拨，我不由喟叹道：中国武术古已有之，它是我国劳动人民自己创造并发展起来的，少林武术亦是如此。

德禅说，北魏太和十九年（公元495年），印度僧人跋陀来到洛阳。他博通经法，长住中岳，深为孝文帝所敬信，遂敕就嵩山少室山丛林之中，为跋陀建寺，并让他在寺内翻译佛经，广收门徒，传播佛法。因为寺院建于少室丛林之中，遂命名为“少林寺”。

跋陀主持少林寺后，四方闻讯而来听其讲经说法者，数以百计。随之，大量的民间习武之人也相继来到寺中当了杂役，有一些会武术或其他技能的穷苦少年子弟被剃度为少林寺小和尚。如惠光和尚，12岁在洛阳城天街的井栏上踢毽子，一口气能连续反踢五百次，跋陀看后，感到很惊奇，就把他剃度为小和尚，收为弟子帮为译经。再如跋陀的弟子僧稠，年龄小、体质弱，常受一些会武术的小和尚戏弄，后来发奋练武，寒暑不辍，最终功成名就，体健身灵，成为著名武师。这些足以说明，当时少林寺不但是佛教圣地，而且是武术喜爱者荟萃之所，人们在少林寺研练武功，为少林武术的发展打下了基础。

继跋陀之后，魏明帝孝昌三年（公元527年），印度高僧菩提达摩“一苇渡江”，来到嵩山少林寺，传授禅法。他面壁9年，静坐修心，被尊为中国佛教禅宗的初祖。达摩禅的特点在于壁观，即以清静的心念去投契佛理。但是，终日静坐，不免筋骨疲倦。同时，他也发现许多弟子坐禅久了，便昏昏欲睡，精神萎靡不振，更想到少林寺位于深山，野兽和严寒酷暑不断侵袭。于是，他便静动结合，和喜爱武功的弟子们一起仿效先人锻炼身体的各种动作，编成一种活动筋骨的体操传授僧人。这种体操有18个动作，称为“罗汉十八手”，用以驱倦、防兽、健身和护寺。“罗汉十八手”即为少林拳的雏形。

中国古代兵器武艺众多,此时,那些兵器、武艺随着前来跟达摩学禅的人进入少林寺。达摩把“罗汉十八手”的动作刻至壁面,时教众徒练习之,时间久了,又和熟谙兵器的弟子一起研练剑、铲、棍和杖等防盗防身的动作,遂形成了“达摩铲”、“达摩杖”、“达摩剑”。

达摩面壁,久住嵩山丛林,他窥察山林中鸟兽之间的争斗,习仿虎跃猴攀、猫穿狗闪、鸡立兔滚、虫爬蛇缠和鸟飞鱼翔之姿,逐渐演化成一套心意拳的简单套路动作。后来,他又遍求中国之武艺,获得东汉末年华佗的《五禽戏》,加以演变,和僧徒们不断综合、充实、提高,逐渐形成一套变化莫测的拳术,达百余种,总称少林拳。

我评曰:少林拳法和其他事物一样,是嵩山劳动人民在丰富的社会生活实践中不断发展和完善的。

德禅说,隋末唐初,少林寺方丈为保护寺庙的安全,从寺僧中选出身强力壮、勇敢灵巧或善于拳击械斗者,组织成一支专门的护寺队伍。唐武德年间,因寺僧帮助李世民平服叛贼王世充有功,遂许少林寺演练僧兵,自立营盘,不戒酒肉,僧人自称“五荤和尚”。寺僧昙宗接受皇帝封爵,号称“大将军”。少林寺一时名声大振,僧徒多达2000余人。每日清晨,众僧同起,冬练三九,夏练三伏,刻苦学艺。现存于少林寺白衣殿内的“少林拳谱”壁画,可见当年和尚习武时拳打脚踢、攻防搏斗、棍挥棒舞的情景。

古代到少林寺出家为僧者,多为苦难所迫,也有不满封建制度的看破红尘者,更有不少精通武术之人,为了提高技艺而来。少林寺时常成为会武切磋技艺之所。北宋初年,福居和尚曾邀集全国18家武术高手前往少林寺,经过三年演练,取各家之长,汇成少林寺拳谱。福居要求后来寺僧必须勤习苦练,贯通其中。传说北宋开国皇帝赵匡胤得过少林真传,精通36路长拳、6步猴拳,并作有著述,据说太祖长拳便藏于少林寺内。抗金英雄岳飞的神勇力法,也得过

少林寺山门

少林高僧指点。到金元之时，少林派拳术大师白玉峰、觉远上人、李叟等人，精心研究少林拳法，对少林拳贡献最大。他们把原来少林拳的“罗汉十八手”发展为72手，又从72手变为“龙、虎、豹、蛇、鹤”五拳，指出其要点：龙拳练神，虎拳练骨，豹拳练力，蛇拳练气，鹤拳练精。五拳交修互练，方为上乘。此时，攻防搏击之法，趋于成熟，人们加以演练，并在生活中运用。

到了明代，练武之风骤然兴起，至于极盛，少林寺也成为群英荟萃的会武场所。拳谱称“少林面积五顷四，外分四院都练拳。”明天启五年（公元1625年），河南巡抚程绍来少林寺检阅完僧兵，诗兴大发，遂作《少林观武》诗：“刚强胜有降魔力，习惯轻挟搏虎能”，对僧兵大加赞赏。由此可见，这个时期，少林武术已达到了高超的境地。清代以后，少林武术曾一度被禁，但少林武术的习练活动并未停止，不少爱国志士积极学习少林功夫，以少林功夫为武器，同反动邪恶势力进行了不懈的斗争。

我评曰：存在决定意识，嵩山的博大雄奇，孕育出一种伟大的少林武术文化精神。

德禅总结少林武术精神：一是尚武报国、振兴中华。少林寺僧在“戒约”中说：“是学习少林寺技击术者，必须以恢复中国强昌为志意，要朝夕勤修，无或稍懈。”并强调说：“恢复河山之志，为吾宗之第一目的，倘一息尚存，此志不容稍懈。倘不如此者，谓之少林外家”。 二是助善惩恶、崇尚武德。少林拳谚语说，“习拳讲武德，英雄显本色”，“远行须问路，授拳先教德”。“业报轮回说”在少林武僧中凝结成一种道德内涵，即学习武术，首先要讲武德，不能欺压百姓，这成为一种少林习武戒律。觉远上人立下十条戒约，规定“习此术者，以强体魄为要旨，宜朝夕从事，不可随意停止练习”等等，要求少林寺众僧要“尊师重道，敬长友爱，除贪祛妄，戒淫忌狠。有于此而不谨为遵守者，当与众共罚之”。三是精益求精、注重美学。“来如雷霆收震怒，罢如江海凝清光。”少林武术矫健雄伟，千姿百态，优美动人。“拳似流星，眼似电，腰如蛇，步赛黏”，“舞动似鹰飞，行步如流水”等等，其千变万化、优美谐和、妙趣横生的艺术特点，给人以美的享受。在少林武术套路中，既有“金鸡独立”、“白马分鬃”、“鸽子翻山”、“金沙飞掌”、“海底捞月”、“白鹤亮翅”，还有“雄狮张口”、“猿猴束身”、“雄虎跳涧”、“珍珠卷帘”、“五花坐山”等，这一个个招式就是一个个美的艺术造型。

德禅说，新中国成立后，特别是改革开放以来，党和政府一直重视少林武术的发展。少林武术在全国得到普及，成为全民性的体育活动，为广大群众所喜爱。目前，少林武术为人们所重视，发展很快，部队、公安、大中专院校及中小学，大都开设了武术课，演练武术。少林武术已成为国内外体育比赛的重要项目，走向了世界。

我评曰：少林武术内容丰富，套路繁多。它绝不是一人所创造，而是我国千千万万劳动人民的心血所凝成，为我国千千万万武术英豪在漫长的历史长河中不断发展、完善和传承，是中华民族聪明智慧的结晶。正是：千佛殿里练武僧，汗水填满脚踩坑。少林真谛精气神，拳不离手是正宗。

走出少林寺，我感到，嵩山的天更清了！

1981 年 2 月

【吴元成评】

少林武术，正大光明。因健身而生，因武德而化，因抗侮而名。读此文，方知少林禅武文化之博大精深。

【李孟武评】

写少林功夫，有板有眼；谈个人观点，句句灼见。作者深谙武学，更知武道。

著名篆刻书法家许雄志刻《武林圣地》

中岳《庙会图》
商品经济发展的备忘录

道教及其活动载体庙宇对经济社会的发展有一定的影响。作为上层建筑的道教,不能也不可能脱离经济这个基础。经济基础决定着道教文化的发展,道教文化对经济发展具有一定的推动力。

我多次考察嵩山中岳庙。

道教生长于中国本土。汉末魏晋,天下大乱,老百姓经济贫困,走投无路,往往投靠宗教。中岳道士寇谦之生活的时代,正处于中国北方许多少数民族政权割据的纷扰之中,"乃倾心慕道"。他的一生之多数时间是在战乱频仍的北方度过的。可以说,道教开始拥有群众是从下层开始的。过去,中国农村积弱落后,缺医少药,道士以符水治病,祈福禳罪,与民间巫术、占卜、星相等迷信相结合,在庙宇集汇,在传道的同时进行商品交换活动,进而推动社会变革和经济发展。"庙会"即这种活动的载体。

庙会是中国历史上流传下来的一种市集交易形式,也叫"庙市"。每年农历的三月和十月为中岳庙会,宋人骆文蔚称"其来久矣",这说明中岳庙会远在宋以前就兴盛起来了。

这是清初学者景日昣的写意画"庙会图"。景日昣是登封人,他对当时中岳庙会盛况留心观察,形象地再现了清代中岳庙会内外的具体情景:

阔大的中岳庙大门一旁，高竖着旗杆，角旗斜挂在杆顶。一座牌楼，坐落在大门前一侧。大庙的内外布满了各类行市。大门外为竹棚集市，大门后即高台城楼式重檐建筑，叫“天中阁”。阁前为一院落，阁之西围墙以外，建有“缨行”和“酒肆”，房子皆属简易的棚屋，屋外挑出条幡状的酒旗。在“天中阁”内院，高台之下，东有“农器行”，西有“铁货行”，显然是卖生产用品的。神道东侧的古神库铁人附近，分别开设有“帽行”与“粉行”；再往北看，在一座重檐洞门后边，路之东侧有“扇行”；西侧是“洋货行”；再后还有“京货行”与“药行”。在庙内最后一进院子里，东有“铜器行”，西有“油行”、“布行”，显然是卖生活用品的。在庙最后的墙角里，有“故衣行”、“旧夏布行”，这些商行，显然是为穷苦人设置出售旧货的，这一点从图中“故衣行”都是一些小型房子的描绘中可以看出。

《庙会图》还展现了人们对中岳庙会的向往：许多赶庙会的人，从远山的小路上朝着中岳庙走来，途中有座小城堡，城楼高耸，三角旗在旗杆上迎风飘着，这便是东南方向来客的必经之地十里堡，也是中岳庙前站，一伙伙赶庙会的，正在这一带行进中；在赶庙会的人群中，有的步行，有的肩头扛着东西，有的推着独轮车运货，有的骑马逛会，其身份不同，目的也不同。

在景日昣生活的清代，科技不发达，还没有照相、录像设备。但《庙会图》为我们提供了一份300年前的庙市交易的珍贵图卷，由此图起码可以得出以下启示：

其一，庙会是我国古代进行商品流通的好形式。

在我国的历史上，最初的庙会规模很小，做生意也多是为信徒们准备些祭祀品和香火之类。进而，随着庙宇规模的不断扩大，各行各业的商贩争相向庙会靠拢，他们利用人们朝拜神灵、云集古庙的机会，逐步扩大商品种类，以满足香客朝圣之余购买生产和生活用品的需求。从此图可以看出清初中岳庙会的规模是不小的，多数

清初学者景日昣绘《中岳庙会图》

商行经营的货物,都与社会中下层生产和生活有关,货色也是相当丰富的。赶庙会的基本群众是农民和小手工业者,他们终年辛劳,希望在一年少有的庙会上买一些自己需要的生产工具和生活用品。这也说明庙会是普及型的。

其二,外来商品已经进入中原内地,这在一定意义上说明清初的经济开放程度。

如图中所示,洋货和京货已投入农村的庙市,反映出物资交流范围的广泛。洋货的使用,呼唤着新科学技术的引进,此图对研究我国经济史具有重要价值。

其三,从庙会的地域分布看,显然清初的庙会是以庙院内为主要经营场所。

存在决定意识。此图一方面说明庙会的主旨是宣传道教的,是以道教文化为主的,当时人流还不太多;另一方面也说明,当时对文物古迹保护的概念还太缺乏,文化的层次还是比较低的。

其四,庙会的盛衰是人们认识社会的一个窗口。

景日昣曰:“古者日中而市,盖取诸离,离,文明象也。国家太平,声灵四讫,则行旅通、重驿至,山珍海错,俱以锦绣盛之。……或当军旅繁兴,岁失大有,商不络绎,毂击肩摩之盛,立为减色。”其结论为“庙会可以觇世变矣”。事实上确是如此,和平盛世,经济繁荣,庙会就兴盛;反之,就一定衰落了。

新中国成立后的中岳庙会,比旧时的中岳庙会大大兴旺了。1950年,河南省人民政府即决定改中岳庙会以叩拜、烧香为主的内容为物资交流大会,由地方政府统一组织,统一指挥,宣传党的方针政策,宣传科学文化知识。在进行全国各省市物资交流的同时,还抽调文艺团体到会助兴演出,那兴盛景象,真是一派繁荣。庙会的时间,定于每年农历三月和十月,会期各10天。庙会中土特产品、机械、化工、电器、百货用品等商品一应俱全。以1996年农历十月庙会为例，人员多达几百万人，销售额近10亿元，获得了社会主义物质文明、精神文明的双丰收。

如此兴盛之嵩山庙会文化，君愿一观乎？

1994年10月

【吴元成评】

庙会图宛在，古来多商贸。一部中岳庙会发展史，就是道教和世俗生活交融的产物。

【李孟武评】

源流考证，令人信服；庙会盛况，描述精确；语言通俗，文字传神，堪为研究庙会史的一面镜子。

任先生教我研究嵩山文化

我出生在嵩山南麓一个小山村。1977年恢复高考,我以登封县第一名成绩考入开封师院,即今河南大学。

初进大学校园,看到图书馆的120多万册藏书,同学们高兴得跳了起来。十年"文革"动乱,学业荒芜,知识贫乏,心存懊恼。1978年春天,中文系主任任访秋教授讲课教导我们:"知之为知之,不知为不知,是知也。"我们眼睛一亮。

为方便同学们苦读,学校在十号教学楼设了长明灯教室。晚上,我和同学们常学到凌晨。大家都喜欢读校报,这是咱大学师生自己的报纸,报上常发校园新闻和任访秋等老师介绍学习方法的文章,读后很受教益。文由心出,我写了《图书馆记》,被校报刊登,后被收入《中国当代大学生优秀散文赏析》中。文中写道:"走出图书馆,背依浓郁的常青树,我把拳头紧紧握起。图书馆,你是'四化'建设长征路上的加油站。今天,你用知识哺育了我们,明天,我们定用知识汗水浇灌出奇葩,敬献在你的面前!"我被推选为校报中文系通讯组组长。大三时,中文系党总支推荐我到校报兼任责任编辑,主要编辑文艺副刊。

大学校报编辑、记者的工作开阔了我的学术视野。我多次向学校著名教授约稿,写专访。1979年,看到线装书《说嵩》,了解到李白、杜甫、白居易、欧阳修、范仲淹等名人学者多登嵩山,留下众多诗文，感受到家乡山河之秀丽、嵩山文化之厚重，顿问自己：中国已改革开放，科学的春天来了，你该做点什么？

“我要编注历代名人嵩山诗词！”当向任先生汇报这个打算时，先生说：“天道酬勤，有德无敌。不敢当元帅的士兵不是好士兵，不敢做大学问的学生难成好学生。可以试试看！”

做前人没有做过的学问难啊！我查阅古籍歌赋，收录了几百首嵩山诗词。暑假不休息，拿着诗词考察嵩山少林寺、中岳庙、嵩阳书院、观星台等30多处文物遗存，从感性到理性，从认识到实践，以蚂蚁啃骨头的精神，翻烂了《辞海》、《辞源》，搬走了一个又一个“绊脚石”，撵走了一个又一个“拦路虎”。记得古诗《谒少林寺》中有一句“花开五叶地生金”，怎么译也弄不明白，就去请教先生。先生说：“注释古诗词，涉及典故和背景，须有高出古人的知识才能为，你现在干的是中国古典大师王力、朱东润教授的工作啊。‘花开五叶’可能是佛学禅语，赵朴初先生是中国佛教协会会长，他会知道。”我就斗胆向赵朴初会长写信求教，一个月后，赵老委托秘书回信：“达摩从印度到中国，发出‘花开五叶’弘扬佛法的誓愿，在少林寺创立禅宗，分为五派，广为流传。”啊，点石成金，我明白了！

世上无难事，只要肯登攀。1980年秋，在老师们的支持和指导下，我完成了《嵩山诗选注》书稿。一天晚上，我叩开了任先生的大门，他正在书房看书，70多岁了，戴副老花镜，手中还拿个放大镜，在古书上一字一字批注。我忐忑不安地说：“老师，《嵩山诗选注》基本完稿了，地质出版社同意出版，您老能否写个序言？”先生笑了笑：“让我看看吧。”十天后的一个下午，先生的研究生到教室找到我：“老师让你晚上八点到他家去一趟。”我准时赶到。只见先生从书桌上拿起《嵩山诗选注》书稿，“编注得还可以，序言写好了。”啊，真没想到！我是一个本科生，先生是中国著名学者，亲笔写序推介，如此关爱，我的眼睛湿了。先生说：“你如果现在研究唐宋文学，可能一生也难超过大家；如果你深入研究嵩山少林文化，长此专攻，那些学术大家可能也永远超不过你。天道酬勤，有德无敌，努力吧！”

做入世的学问，干出世的事业。我按照先生的话做了。毕业后留校在校报工作，业余时间，继续研究嵩山文化，出版了《神奥嵩山》、《少林武功》丛书九卷。我1986年任《河南大学报》编辑部主任，发表了十几篇论文。1990年任《郑州晚报》社社长，1996年通过全省公开选拔任省委政研室副主任，2001年任省委政法委副书记兼综治办主任、常务副书记。到地方工作，我的笔没有停。工作之余，三易其稿，出版了《中国少林文化学》，创立了少林文化学科，获首届中国山花奖优秀著作奖。中央电视台拍摄我撰写的十集文化风光片《嵩山》并在央视4套《走遍中国》连续播放，展示了嵩山文化的古奇神奥。

难忘任先生教我做学问。河大母校，有多少先生这样的良师啊！

（该文作于2011年5月，原载《河南大学报》1001期）

【吴元成评】

天道酬勤，学追先贤。大师的教诲历来是有志者成功的助推器。先生虽去，精神不灭。

【李孟武评】

写人，细节描写见精神；记事，人物对话寓真情。先生远见，学生践行，先生和学生共同形成一道文化风景。至情至理至文，真心真意真言！

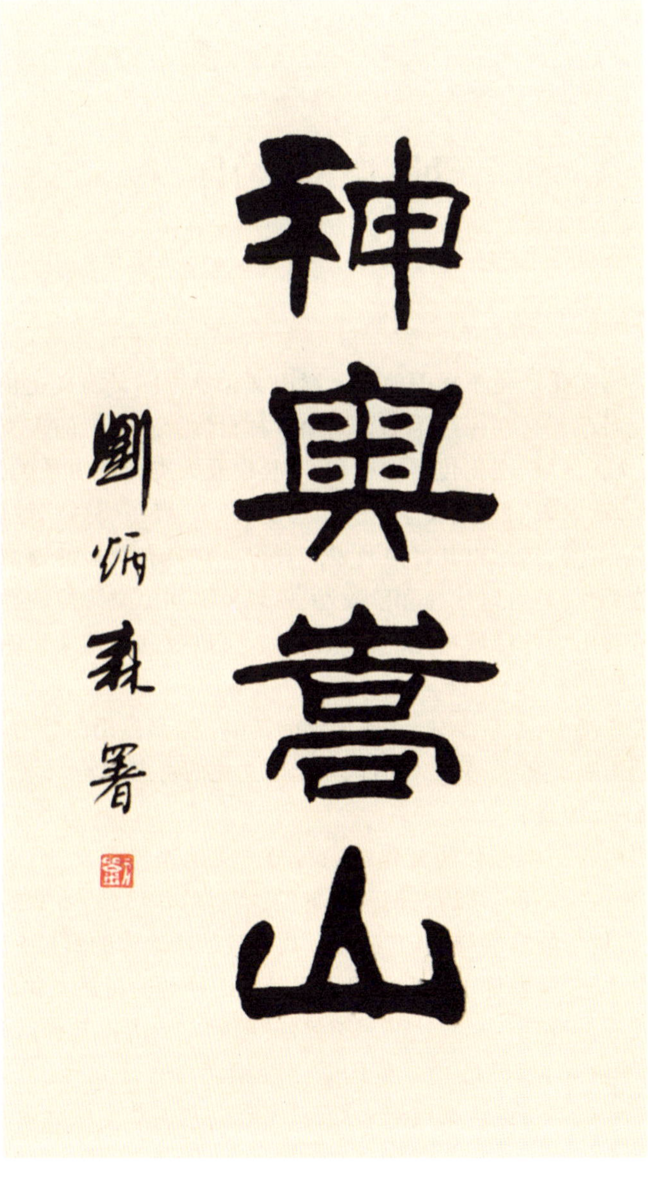

中国书法家协会副主席刘炳森题《神奥嵩山》

神奥嵩山

嵩山文化产生于嵩山地区。嵩山文化学以广义的文化领域作为研究对象，旨在探讨附加在嵩山少林自然景观之上的人类活动状态、文化区域、文化传播主线和走向，以及人类的行为系统，包括民俗系统、宗教、哲学、文学、艺术、历史、考古、经济、科技、教育、人物、医药等等，揭示出其特点及发展规律。它具有明显的地域特点和民族特色，具有时代性和阶段性，体现了不同历史阶段的社会结构。从嵩山少林区域文化的特殊性里，可以找到中国文化的统一性。

漫步嵩山，考察少林，常使人沉醉其中。这是嵩山的魅力，更是文化的影响。那么，又该如何认知嵩山文化的特点呢？

第一，神奇

嵩山是一所综合的文化“实验站”。无论是男的女的，老的少的，唯物的唯心的，学历高的学历低的，当官的作民的，习文的练武的，社会科学的自然科学的，都可以找到自己所追求的目标。

嵩山，充满着许多让人百思不得其解的神奇的自然文化现象。

其一，天然形成的“达摩一苇渡江”图画。中国佛教禅宗史上，有“达摩一苇渡江”故事。说的是南朝梁武帝普通元年（公元520年），印度高僧菩提达摩航海来“震旦”传法，在南京与梁武帝相谈，二人理论上产生分歧。梁武帝重视讲义理，达摩重坐禅，“见性成佛，不立文字”。争执中，武帝拂袖而去。达摩害怕武帝迫害，走为上计，即离开南京。到达长江边上，见无船，遂折得一枝芦苇扔至江中，起身一跃，脚踏芦苇飘然过江，来到嵩山少林寺创立禅宗。少林因此被誉为“中国禅宗祖庭”。这一佛教传说，在嵩山神奇显现。我们站在嵩山少林寺东的山坡上，向东边的太室山望去，山坡上天然形成的中国禅宗初祖达摩光头、浓眉、卷须，微微地颔首、身披袈裟，两脚踩在一根芦苇之上，正向观者飘来。你说奇不奇？

其二，建寺1500年庆典雾散日出。1995年9月3日上午8时，我和河南省人民政府副省长李成玉等随着威武欢快的迎宾车队，向嵩山少林寺缓进，参加少林寺建寺1500年庆典。当时细雨蒙蒙，雾霭重重，给少林寺蒙上神秘的色彩，嵩山成为圣山。上午9时，素喜大师委托印松法师宣布庆典仪式开始，刹那间，礼炮、鼓乐齐鸣。是时，少室山雾徐徐散去，一轮红日破雾而出，少林寺上空喷出一道道彩虹。我对新华社河南分社社长赵德润说：“真是佛光普照，吉祥万千啊！”这难道是巧合？

其三，鸡鸣巷里有世界声学中的“不解之谜”。1980年，我利用暑假考察嵩山南麓登封县城中岳大街的鸡鸣盆地。在一段不到50米长的地方，站在那里一鼓掌，好像从地下，又好像从两侧墙上发出小鸡“叽叽”的叫声。我曾几次试验，掌声将落，叽声即起，鼓得响，叽声大；鼓得快，叽声疾。寻寻觅觅，找此奇声源头，难以见得。几位地质学家考察，都说此谜难解。我曾写诗赞曰：“太室之阳有圣地，日夜不息鸣雏鸡。声振五岳勇探索，人间定会出奇迹。”

其四，禅宗祖庭嵩山即佛。嵩山少林寺是中国佛教禅宗之祖庭。嵩山有72寺院，嵩山即佛。我们站在少林寺山门、塔林等处向南观望，可见南山犹如一座大佛：他头朝西天，脚踏东海，仰卧山顶。此大佛轮廓清晰，形象逼真，神态安详，悠然自得。有诗云：“佛祖自若卧南山，与世无争悠悠然。大肚能容风云变，慈颜常笑万物间。”

其五，嵩岳寺塔1500年巍然耸立。位于嵩山之南的嵩岳寺塔，人称中国现存最早的密檐式佛塔，建于北魏正光年间（公元520~524年）。塔高约40米，塔体呈12边形，每边长2.81米。这种12角塔，是我国各类塔中的一个孤例。1500年来，经历了多少地震雷劈，风风雨雨，但嵩岳寺塔依旧在群山之中傲然耸立，向人们传递对佛的尊崇，对美的追寻……

其六，镇山宝画变化莫测。少林寺常住院千佛殿内《500罗汉朝毗卢壁画》，人誉“镇山宝画”，是少林文化中壁画之优秀代表，乃国内佛寺壁画之精品。该画出于明末无名画家之手，其设计大胆，画艺精美，画面紧凑，大方耐观，具有唐代吴道子的风格。该画高7米，总长42.9米，五百罗汉分上、中、下三层置于云气波涛之中，而且五百罗汉环围殿内中间端坐的毗卢大佛，充满禅宗生活气息，使人一进殿即置身于神秘的佛教氛围之中。我们把东、北、西3面墙壁中的33组人物分开后，各含一个故事；合起来，则浑然一体。其艺术表现手法更为奇特，那独特的“转像”艺术效果，堪称一绝。我们看东壁中层的第二组画，有一罗汉手托起一尊佛，佛束腰坐在莲花宝座上，画面左起的第二个罗汉作拱手状，双目圆睁，无论你站在哪里看这位罗汉，他都在望着你。把正要过去和正要到来的东西都凝聚在这一点上，把动的过程表现在静的形象之中，谁人不说神奇？

其七，禅拳合一的天下武功。寺以武显，武以寺名。少林武术把禅之静、拳之动融为一体，达到出神入化的境地，威震天下，堪称一绝，史称“天下武功出少林”。在嵩山游览，你如果在山道上、在树林中偶见一人，非可小视，你可能遇到的是一位武林高手。少林金指功，可以指至砖崩；铁头功，可以头顶开砖。共和国将军许世友，因家境贫困，难以为生，8岁进入少林寺，苦练少林功夫8年，学会了18般兵器、飞檐走壁，后加入中国工农红军，南征北战，屡立战功。

1998年，在泰国曼谷举行的第13届亚运会上，少林弟子孙勋昌一举夺得散打60公斤的金牌；2000年5月，在广州天河体育中心举行的第二届中国功夫——美国职业拳击对抗比赛中，少林弟子李鸣凤、柯荣亮，把少林功夫的腿法、摔法发挥得淋漓尽致。李鸣凤以五场全胜的战绩挫败了素有“小辣椒”之称的美国职业女子拳击手马莉·奥特加；柯荣亮仅用40秒，就把美国拳击手布克·史密斯踢倒在地，布克举双手认输，连声喊“奇”！少林功夫，谁不称奇！

其八，天文科技之最——周公测景台、元代观星台。告成镇之北有周公测景台，周朝初期周公姬旦在营造东都洛阳时，即在此“求地中，测土深，正日影，以定四时季节”。元代科学家郭守敬在“周公测景台”以北20米处建观星台，编制当时世界上最先进的历法——《授时历》，确定一回归年为365.2425日，同现代科学测定的一回归年的长度仅相差26秒，而与现今世界上许多国家通用的格里高利历(即阳历)相比，则一秒不差。但阳历是1582年由罗马教皇格里高利十三世颁行的，它比我国《授时历》晚了300年左右，你说奇否？

第二，古奥

嵩山是一部历史悠久、奥博精美的文化史册，在这里我们可以寻找到中国自然和历史文化不断演变前进的轨迹。

其一，嵩山之古，称祖诸山。25亿年前，当世界上其他地方还在沧海横流时，嵩山已横空出世。5.7亿年前，当嵩山最后一次确定现在的雄姿时，喜马拉雅山和整个秦岭都还沉在海底。在中国历史的早期，即唐尧和虞舜时代，嵩山谓之“外方”，因为尧舜的居地都位于现在山西省的南部一带，对于当时的部落氏族来说，嵩山距离其已经很远了，故称“外方”。夏代早期，谓“崇山”。汉武帝根据中国古代第一部诗歌总集——《诗经》中的“嵩高维岳，峻极于天”，称之为“嵩高山”，简称“嵩山”，为五岳之中岳，试问其古不古？

其二,地质史上的“五世同堂”。大约距今23亿年的时候,嵩山所处地壳发生了一次剧烈运动,人称地质“嵩阳运动”。其后,嵩山经历了中岳运动、少林运动、燕山运动,数次沉浮于茫茫大海之中。古老的起源和复杂的地质运动,使嵩山成为一个不可多得的天然地质自然历史博物院,太古、元古、古生、中生、新生五纪的地质现象在嵩山表露齐全,地质学家称之为世界上罕见的“五世同堂”,联合国教科文组织把这里作为“世界自然保护重点”,国土资源部将嵩山命名为国家地质公园。

其三,夏商历史文化的见证。嵩山有四千多年前的夏代城址。古本《竹书纪年》记载,“禹居阳城”;《世本》上说,“禹都阳城”。阳城即嵩山之南的告成镇。《史记》曰:“陈胜者,阳城人也。”这里乃中国第一个农民起义领袖陈胜的故乡。近年来,考古工作者在告成王城岗发掘出夏朝众多的文化遗存。在古书《淮南子》中,记载了嵩山“启母石”的神话传说,从神话的角度印证着嵩山是我国上古禹族的祖居地。现在,“启母阙”及“太室阙”、“少室阙”为国家级文物保护单位。

嵩山有3000多年前的商代遗址。考古学家在东周阳城的城垣遗址上,惊喜地发掘出供城内用水的输水与储水设施,有陶制的“三通”、“四通”陶水管。为了使水在储水池沉淀泥沙,东周的建筑师们,还在池底铺垫了一层排列整齐的河卵石呢!此何等像现代城市中的“自来水”建造系统,可谓人类文明史上一项伟大奇迹。

其四,历代帝王游幸之所。据《史记·封禅书》记载,古代黄帝就游过嵩山,距今已有4500多年的历史。其后,有史书记载的曾到过嵩山的帝王就有30多个。汉武帝刘彻,于元封元年(公元前110年)正月登嵩山,祭太室祠。历史上“嵩呼”、“山呼”典故即出于此。

武则天于万岁登封元年(公元696年)腊月,第一个到嵩山举行封禅大典。她登上嵩山峻极峰,在“登封坛”加封中岳,给嵩岳神晋了级，将“天中王”改封为“天中皇帝”，将嵩岳神的配偶灵妃，改封为“天中皇后”。随即，她再封其他诸神，封夏启为“齐圣皇帝”，封启母神为“玉京太后”，封少室阿姨神为“金阙夫人”，连仙人王子晋也被封为“升仙太子”。为纪念在嵩山举行的封禅大典，武则天当年诏令改嵩阳县为“登封县”，改阳城县为“告成”，以示她“登”嵩山、“封”中岳、大功“告成”，其年号也改为“万岁登封”。自此，登封的名称为以后历代沿用。

清高宗乾隆皇帝，游嵩山的兴趣更浓。乾隆十五年（公元1750年）十月一日至四日，他从偃师县经轘辕关到嵩山，先后游历了少林寺、嵩阳书院、中岳庙、周公测景台等处，并登峻极峰，祭中岳，所到之处题词赋诗、树碑立传，以炫耀他治国有方、国富民强的丰功伟绩。

其五，兵家必争之地。嵩山地势之险，历来为兵家必争。公元前538年，晋国的司马侯说：四岳、三涂、阳城、太室、荆山、中南，为“九州之险”，是全国最为险要之地。在这九个著名险要之地中，阳城、太室二处都在嵩山地区。自春秋至明末，这里发生了众多影响广泛的重要战事。

第三，融合

嵩山是一部中国思想文化发展史。在嵩山之南不到七公里的范围内，儒、佛、道“三教荟萃”，相互交融，成为中国传统文化的缩影和典型，从中反映着中原地区宗教发展的历程、华夏民族包容万物的胸怀和世界文化碰撞融合的印迹。

其一，少林寺《三教圣像碑》之融合图示。此碑为一圆形图案，从正面看，中间的头像是佛教的鼻祖释迦牟尼；掩其左图，右侧头像是儒家的至圣先师孔子；掩其右图，左侧的头像又成了道教所尊崇的始祖老子。一个圆图使“三教”融为一体，以最为形象的方法阐述了三教合流的思想。如此绝妙的构思和表现，堪称中国宗教文化

仙峰聚仙仙更欢

神奇之经典。

此碑还对“三教”特色进行精辟总结：“佛教见性，道教保命，儒教明伦，纲常是正。”

此碑有唐肃宗李亨的“三教圣像”赞：“百家一理，万法一门”，对嵩山少林文化现象作出了经典的总结。

其二，中原道教之冠——中岳庙。道教为中国本土宗教，以东汉顺帝(公元125~144年)时张陵所创五斗米道为道教成型之始。道教继承了秦汉以来巫术、方仙之说和道、墨、阴阳诸子学说，奉老子为教主，以《道德经》为主要经典。道教在嵩山地区历史渊源很长。道教尊中岳嵩山为“第六小洞天”，就是因为他们认为嵩山是周朝的神仙王子晋的升仙之处。位于嵩山峻极峰以东三里的白鹤观，就是为纪念王子晋所建。在嵩山72峰中，有一峰以王子晋的名字命名，叫子晋峰。

嵩山的道教，为中国道教的发展作出过重大贡献。南北朝时期，道教得到了当时帝王贵族统治者的支持，道士跻身于社会上层。中国道教的代表人物寇谦之，在嵩山研习道教30多年，对传统道教进行了“两个取消”、“两个革除”和“两个提倡”的改革，促使道教向前发展。

“两个取消”：一是取消蜀土宅治之号，勿复承用。二是取消“天师”、“祭酒”之位的世袭制度，吸收儒家“唯贤是授”思想，旨在提高道官的素质。

“两个革除”：一是革除教民须向“祭酒”交纳的租米钱税。二是除去男女合气之术。

“两个提倡”：一是提倡礼法，宣“新科之诫”。把传统的服饵闭练放在次要地位，吸取儒家礼法仪式有音乐伴奏的形式，改“直诵”道经为“乐诵”，以示重醮仪、倡礼度。这实际上是提倡封建伦理道德，以此来制约人心，使之符合封建礼仪规范，维护封建统治秩序，促进道教与统治阶级的结合。这是道教教义的一个重大变化。二是提倡轮回报应之教义。寇谦之把佛教的生死轮回、因果报应说引入道教,宣扬前世之善恶,影响今世修行之成效;今世之善恶,又影响来世。如此"道教",不就是"融合"的产物吗?

其三,中国佛教禅宗祖庭——嵩山少林寺。"禅",是梵语"禅那"的略称,意译为"静虑"、"思维修",是印度各种教派普遍采用的一种修习方式。但印度有禅而无禅宗。禅宗起源于嵩山少林,是中印文化结合的产物,是儒学化了的佛教,也体现了文化的"融合"。

北魏太和十九年(公元495年),印度高僧跋陀多次登临嵩山少室,认为五乳峰下清静、幽雅,为长生不衰之宝地,即请求孝文帝在少室山五乳峰下为他建立寺院,供他讲经说法。"少林者,少室之林也。"此寺即为少林寺。

因为跋陀讲授的是佛教小乘宗,与当时社会风气不符,不被百姓接受,故影响甚小,真正有影响的是菩提达摩。

达摩,全称菩提达摩,南天竺人。他出身高贵,传说是香至王的第三子,姓刹帝利,原名菩提多罗,其师般若多罗,为古印度禅的27祖,达摩为古印度禅的28祖。

南朝刘宋末年,达摩不惧艰辛,跋涉万里,来到中国,经过"一苇渡江",于北魏孝昌三年(公元526年)进入嵩山少林寺。

达摩到达少林后,对原来北方禅定的坐禅方法进行改革,提出"理入"、"行入"的禅定观。

"理入",即"凝住壁观",以"理"作为观想的对象。"壁观",是使"心如壁立,不偏不倚"。教人从认识上脱离现实,否认客观世界上的一切存在,去追求所谓超现实的真如世界。

"行入",指的是人们日常的道行。达摩"行入"的方法有四:一是"报怨行",要人养成甘心忍受一切奴役的性格,对于外来任何压迫,当"逢苦不忧",不应有丝毫的反抗斗争;二是"随缘行",要求人们不计苦乐，不计得失，苦乐随缘，无须去分辨外界事物的是非和善恶；三是“无所求行”，要人安分无为，“形随运转”，甘于忍受当前的痛苦，对于日常生活不应有任何改善的要求；四是“称法行”，要人们事事按照佛教的基本教义去行动。

达摩的“理入四行”之说，不同于此前小乘禅法的主要之处，是把禁欲主义和苦行主义安置到了“众生同一真性”的理论基础上。如此简单易行的禅宗修养方法，一改过去复杂繁琐的禅教，可谓独树一帜，开中国佛教改革的先河。达摩很重视培养接班人，通过“断臂立雪”等几次考验，传袈裟衣钵于洛阳人神光，赠名“慧可”。

二祖慧可大师，随宜说法，一音演畅，三十四载，“言满天下”。后传三祖僧璨，四祖道信，五祖弘忍，六祖慧能。其中慧能潜心思考禅学，写下了中国人自己著述的唯一一部被称为经书的佛教经典《六祖坛经》，对禅宗理论作了进一步的发展与完善，标志着中国禅宗理论的成熟。慧能以后，禅宗代替了其他宗派，禅成了中国佛教的别名。其理论内涵主要有两点：

“佛性说”。“佛性”有成佛的原因、种子的意思。大乘佛教把佛性当做人能成佛的原因，照它们看来，佛性就是宇宙的本体真如，也即是最高的智慧般若之智。慧能提出了识心见性成佛说，“不识本心，学法无益，识心见性，即悟大意。”认为只有除却妄念，拨去云雾，自识本心，直见本性，才可见性成佛。佛即在自性中，求佛不能到外边去求，只能向自心中去求。成佛只能靠自己的觉悟，所谓靠“自性自度”。在成佛问题上，慧能充分地肯定了自我的能动的作用。

“顿悟成佛说”。认为成佛在于一念领悟、刹那之间，而不在于长期修习。慧能还用自己的经验来现身说法，说：“我于忍和尚处，一闻言下大悟，顿见真如本性。”认为自己就是顿悟见性成佛的。慧能虽然认为顿悟是成佛的唯一途径，但对渐修不搞全盘否定，认为佛法无顿渐之分，但人有利钝，有的聪明、有的愚笨；有迷悟之分，“迷则渐劝，悟人顿修”。对于愚迷之人还是要先藉渐劝，才能最后达到顿悟。此说充满了辩证法。

六祖慧能创建的禅宗是中国佛教史上的一次宗教革新运动，具有极其重大的历史意义：

一是使佛教简易化，即简捷易学。六祖慧能创建的禅宗“顿悟成佛”学说，给禅僧指出了一条简捷方便的成佛道路。他宣扬佛法以心传心，不立文字，一扫传统佛教的繁琐哲学，使自己的佛学简捷易学，这不仅能使广大的下层群众接受，而且也为上层统治者所赏识。因此慧能为禅宗替代佛教各宗的地位而最终得到兴旺发达奠定了基础。

二是使佛教中国化，即符合中国文化的传统。禅宗的思想既吸取了印度大乘空宗(主一切皆空)和大乘有宗(主佛性为实有)的思想，又继承了我国儒家传统的人性论学说与道家的主静说思想，它是把两种文化加以融会贯通之后的产物。

三是打掉了佛国的权威。六祖慧能的“佛性说”、“顿悟成佛说”有力地破除了对“西方”的迷信和对“佛祖”的崇拜，进一步摆脱了印度佛教繁琐的神学理论和宗教礼仪，改变了佛教出家僧侣日常生活的固有本色，使他们与中国的生产方式和生活方式相适应，增强了禅宗自身的应变能力。

如今，游人在游览嵩山法王寺、少林寺时，常感到困惑不解。佛教寺院中的天王殿内怎么有道教的哼哈二将？大法王寺地藏殿中怎么有儒家的二十四孝图？其实这些都是佛与道、儒相融合的产物。

其四，中国宋代著名的民办“儒家大学”——嵩阳书院。儒教在嵩山地区发展较晚，成名于嵩阳书院。嵩阳书院初建于北魏孝文帝太和八年(公元484年)，初名“嵩阳寺”，为佛教活动场所，僧徒多达数百人。隋炀帝大业年间改名为“嵩阳观”,又成为道教活动场所。五代时,周世宗根据名士所请,奏准在“太乙观”设立“太乙书院”。宋太宗重视文治,至道年间(公元995~997年)赐名“太室书院”,并赐九经子史,置校官。北宋时,民间的乡党之学颇为兴盛,书院便成为当地名儒讲授经典的教育场所,久之便形成一个个地方学派。宋仁宗重视办学,下令西京(洛阳)官员在嵩山重修书院,并赐名为“嵩阳书院”。由此演变可知,嵩阳书院乃“佛、道、儒”融合之地。

宋代的理学大师程颢、程颐,著名政治家范仲淹、司马光等,都曾在嵩阳书院开坛讲学。

程颢、程颐长期在嵩阳书院讲学,融合儒、佛、道思想,以儒家的礼法刑政为核心, 吸收了道教的宇宙化生模式和佛教的思辨哲学,建构了理学逻辑结构,开宋明理学之先河,形成了“新儒学”。一是以探讨道体和性命为核心。道体是指自然和社会现象背后,有一个根本的本体, 无论本体是内在的或外在的, 都与人的本性相联系;二是以“穷理”为精髓。“穷理”是“欲知事物之所以然与其所然者而已”,是追求人性的根源;三是以“存天理,去人欲”为存善功夫。凡是真、善、美的都是“天理”,凡是假、恶、丑的都是“人欲”,讲求立公去私,存理去欲;四是以“齐家、治国、平天下”为实质。把理这个普遍的原则与人的道德伦理行为规范沟通起来, 把现实的制度理想化,以求长治久安;五是以“为圣”为目的。通过“为学”、“修德”而达圣贤气象的境界。

如此完整的思想体系,怎能不为统治者和知识分子崇拜呢?

在世界宗教发展史上,绝大多数宗教互相排斥,相互对立,直至以刀兵相见, 甚至同一宗教内部中的不同教派, 也往往相互残杀。欧洲中世纪时的十字军东征,当今世界的中东战争,现在的巴以冲突,都同宗教问题有着或深或浅的联系。惟独我们中国,我们嵩山,佛、儒、道三家从总体上讲是和平共处,体现了中华民族海纳

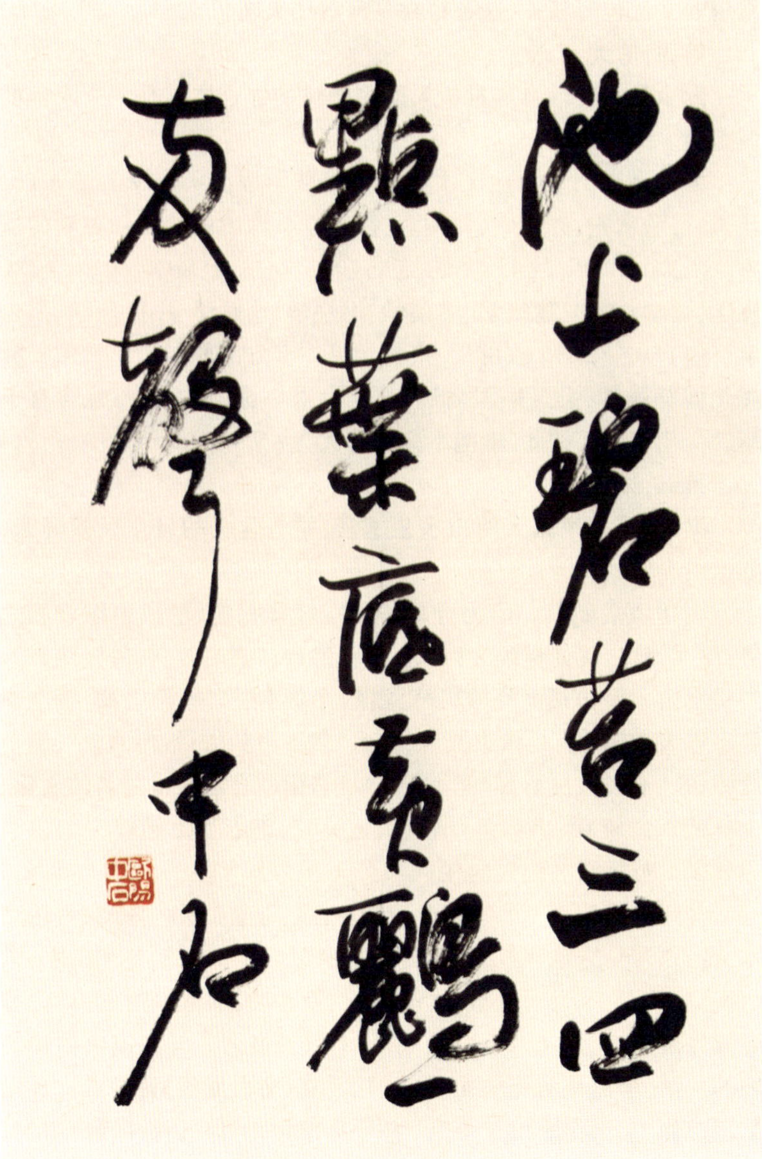

中国书法家协会副主席欧阳中石书嵩山《池上碧苔三四点　叶底黄鹂一两声》

百川的文化包容精神,这种精神是何等伟大啊!

第四,博大

嵩山是一种信息容量极大的多学科的综合体,是一个永恒的博览会。

博大是嵩山少林地区文化之所以能够成为一门学科的基础。认识它,欣赏它,开发它,使用它,需要具备渊博的知识和独到的能力。在嵩山,可以学到天文学、考古学、生物学、地质学、林学、美学、佛学、道学、儒学、建筑学、雕刻学、书法学、绘画学、中医药学、搏击学、气功学、经济学、旅游学、宗教学等许多方面的知识。嵩山少林文化博览众学,大至中国之最,小至一木一石,其中无不包含有丰厚的文化底蕴。如此,谁能不称其博大呢?

第五,雄隽

嵩山,是一座露天的山水艺术宫,雄隽秀美的自然风景资源,酝酿出美妙的诗韵。

文化风格如山。山为脊骨,72峰,峰峰相连,形成连绵耸起之势,雄浑无比,犹如横卧之巨人。《诗经》称,“嵩高维岳,峻极于天”。中岳嵩山太室山最高峰峻极峰,巍然耸立于层峦叠嶂之巅,凌空横卧于连天摩云之际。未上其峰,是“望望不可到,行行何曲盘”;登上此峰,是“不来峻极游,何能小天下?”名山孕育出举世闻名的文化。少林武术之雄壮,堪称是“纳三山之灵气,汇五岳之精粹”,令古今中外多少英雄豪杰把它向往!

文化风格如水。水为血肉,嵩山流溪、奇泉、飞瀑、深潭,古树名木,奇石异洞,秀色宜人,犹如美丽之少女。山水如诗,诗如山水,李白游嵩山,写下《元丹丘歌》:“元丹丘,爱神仙,朝饮颍川之清流,暮还嵩岑之紫烟,三十六峰长周旋。”对其好友元丹丘在嵩山的神仙般的生活,李白是何等向往啊!白居易在《游九龙潭》诗中说:“喜逢二室游仙子,厌作三川守土臣。举手摩挲潭上石,开襟斗薮府中尘。

他日终为独往客,今朝未是自由身。若言尹是嵩山主,三十六峰应笑人。”这位白翁到了九龙潭,看着秀水美景,什么都忘记了！宋代大文豪司马光在嵩阳书院讲学,在崇福宫写《资治通鉴》,游嵩山,写《叠石溪》道:“石下泉声蔓草深,石上露浓苍苔遍。山禽惊起飞且鸣,叶附空林人不见。”嵩山之美、之静,多么宜人啊！清代诗人桑调元游嵩山,写下《颍水》诗,道:“一泓清可怜,春绕箕山足。鳞鳞映白云,潇潇滋翠竹。”写景之后,诗人感叹:“澄波流至今,高士见不数！”此外,杜甫、欧阳修等文人骚客,都在此留下了许多脍炙人口的诗篇。

要深入研究了解嵩山文化的内涵, 就要认识和把握嵩山文化的基本发展规律。

其一,思想上倡导向善。纵观佛、儒、道及其他宗教文化,都是倡导善有善报,恶有恶报,不是不报,时候不到,时候一到,一定全报。法轮常转、因果报应、二十四孝图,都是教人多行善缘、自行修悟的,至今依然如此。

其二,方法上不断创新。创新是一个民族进步的灵魂,是事业兴盛的不竭动力。纵观佛、儒、道文化,要适应社会的进步,满足人民日益增长的物质文化需要,就必须对旧的进行改革,在改革中创新。建筑、绘画、医药、武术等莫不如此！

其三,轨迹上都是波浪前进。这是客观之存在。任何事物,甚至一个人,都会遇到三种境地。一是“逆境”,此时不能自暴自弃,应愈挫愈奋,坚信“冬天到了,春天还会远吗?”二是“平境”,此时不能颓废消沉,应刻苦学习,加强修养,坚信“是金子总会发光”。三是“顺境”,此时不能忘乎所以,应戒骄戒躁,多为人民办好事、干实事,低调做人。

其四,作用上是推动社会发展。中印文化交流,形成中国佛教禅宗。中国通过与日本、美国及世界其他国家的文化交流,不但宣传了自己,而且提高了自己。世界经济一体化与世界文化一体化是同时存在的。文化兴旅游,旅游促经济,经济又推动文化的发展。一件文物,封之室中,就会成为“包袱”;发展旅游,引人观赏,就会使文物成为财富。旅游架起了文化与经济互相推动发展的桥梁。1985年,姚雪垠先生听了我的观点后,欣然挥笔,写下《咏嵩山》:“嵩高峻极接穹苍,俯视中州亘八荒。洪水消亡开禹甸,莽原生息出殷商。山呼几阵迷雄主,大酺连天醉女皇。达摩秦王传说在,只今惟见旅游忙。”一部《少林寺》电影,引来中岳嵩山开放旅游,使登封这个70年代的全省穷县变成了富县。1999年,仅少林寺一年门票收入就达4000万元,相当于一个农业县全年的财政收入,其文化经济价值怎能低估?

任何文化都应该遵循与时俱进的发展规律, 我们有必要对嵩山文化进行继承与批判。

其一,吸取精华,剔除糟粕。真理是相对的,不是绝对的。事物是在不断发展变化的,任何一种文化现象,也是在不断变化的,存在于否定之否定之中。嵩山文化也是如此。当今世界,是科技发达的新经济时代,知识在更新,技术在进步,观念在变化,对嵩山文化,只能吸取其精华,剔除其糟粕,只能从纵的发展史上研究其规律,不可崇古守旧,思想僵化,使之阻碍文化经济的前进。

其二,辩证对待,因事而宜。任何事物都是对立统一体,有正确的一面,也有不正确的一面。对待少林文化现象,关键在于运用辩证唯物主义和历史唯物主义去分析对待。如少林武术,有强身健体功效,练成了,可以保家卫国、除暴安良,但也可能为盗贼所用,打家劫舍。所以说,重在武德,重在用正确的思想去指导。在嵩山少林寺,历史上就立下了“少林十诫”,从思想上、道德上、行动上约束武僧。再如,佛、道、儒文化,皆提倡君子以善为本。但如果一味讲善,超过了度,就成了软弱,就会被小人所害。生活中常见忠臣斗不过奸臣，君子斗不过小人，其原因之一，就是君子在用文化、道德、古训约束要求自己，而小人却“只讲达到目的，任凭多种手段”，小人“当面说好话，背后下毒手”，难防啊！要战胜之，还要“用其人之道，治其人之身”。此中充满辩证法。

其三，顺应发展，不断创新。传统文化只有与现代文化结合，顺应滚滚向前的历史发展潮流，不断创新，赋予新意，才能生存、发展。嵩阳书院的大将军柏，随着时间的延伸，愈加枯萎了。但经过生物专家研究，给其充分的生物营养，施上肥料之后，又枝壮叶茂了。对佛、儒、道理论，也须创新。其实，它们自身的千年发展，就一直是在不断的否定中创新的。如少林拳术，过去的套路是为了强身健体，现在对其进行改造，变成搏击术，逐渐地进入国际搏击、散打比赛，还要进军奥运会呢！试想，哪种优秀的文化不是在不断创新中发展呢？

（该文是作者2000年12月在郑州大学、河南大学学术研讨会上演讲的一部分，原载《嵩山的流泉》）

【吴元成评】

神奇、古奥、融合、博大、雄隽，是嵩山文化之特质。该文豪气冲霄，行云流水，感人至深。一次演讲全景观照嵩山文化，实乃厚积薄发之功。

【李孟武评】

嵩山文化，辉煌灿烂；少林学人，高瞻远瞩。一部嵩山文化学，一场嵩山文化盛宴。文章气贯长虹，纲举目张，深入浅出，读之令人神往。

水彩嵩山

我与任长霞的三次交往

任长霞走了！

人民对长霞同志的思念，就像嵩山里那九曲十八弯的颍河，绵绵不绝。此刻，同为政法战线的战友，工作中与她三次交往的情形浮现在我的眼前……

第一次是2001年8月，长霞同志刚到登封市担任公安局长4个月。我到登封检查严打整治工作，在她的办公室听取工作汇报。我问："对群众来信，你每封都看吗？"她回答："看。从中可以发现案件线索。""你向社会公布了你的电话号码，对来电都接吗？""接。登封的老百姓很好。我是有问必答，能办即办；一时办不了的，只要解释清楚，群众理解。""对群众上访，你每次都见吗？""见。只要在局里，都亲自见。我不在时，由政委和其他局领导接见。老百姓养活了我们，我们要为他们办事啊！"她是这样说的，也是这样做的。

第二次见到长霞同志是2002年10月，我和省委政法委、省综治办的工作人员到登封三皇寨暗访检查社会治安综合治理情况。村里一位老大爷告诉我们，过去这里有个"砍刀帮"，横行乡里，无恶不作。长霞任公安局长后，多次到这一地区明察暗访，带领干警一举端了"砍刀帮"，结果她却累倒了……三皇寨下的莲花寺住持告诉我们："前几年，我寺周围连续发生强奸杀人案，一直破不了案，游客也日渐减少。任长霞发誓要破此案。她化装成农妇，夜里上山下山，查寻蛛丝马迹，我们开始还以为她是一个普通香客哩。最终，警方破了案，我寺的香火又旺了。”我们在少室山上巧遇带领干警巡逻的长霞同志，说起这些事，她一脸严肃，握起右拳从上劈下，“公安机关就是要把犯罪分子的嚣张气焰打下去！公安，公安，公众不安全，我们心里不安啊！”

第三次见到任长霞是2003年12月，我带领省社会治安综合治理考核组到郑州市进行年终考核，抽签选中了登封市。在听取市委工作汇报时，我问：“任长霞局长怎么没到会？”登封市委书记说：“前天晚上，徐庄乡任桥村发生了一起杀人案，长霞同志一直在现场。”上午11时，任长霞向我们汇报案件侦破情况——三个犯罪嫌疑人已抓到两个，剩下一人正在追捕中。“不到现场，不是局长。”这是任长霞的破案誓言和切身体会。

惊悉长霞牺牲的噩耗，含泪作诗悼念：

嵩岳碧空映长霞，神州大地绽风华。
刚强似剑斩百恶，慈善如春亲众家。
昼巡太室千顷树，夜护颍河万朵花。
遥忆并肩执法事，民心矗碑竞品夸。

（该文原载《人民日报》2004年7月28日）

【吴元成评】

长天落霞，英灵不朽！任长霞感动了百姓，感动了中国。通过作者与任长霞的三次接触，让我们看到了一个真实的英雄。

【李孟武评】

三次交往，三帧画面，三个镜头，结构精简严谨，语言简洁传神，把女英雄刻画得血肉丰满，形神毕肖，闻其言如见其人，神了！

著名书法家陈花容书张国臣诗『任长霞』

做劲翔太空的嵩岳雄鹰
——与女儿的通信

一、爸爸的三点希望——致女儿的信

我亲爱的女儿张羽：

新年好！

去年、今年，爸爸连连收到你的贺年卡，高兴、激动、幸福等多种情感涌向心头。女儿上高中了，长大了，懂事了，进步了！夜晚，处理完公务，抬头望着静空里眨眼的星星，不由地提起笔来。

我希望你战胜自我。人的生命自诞生的那一天起，就面临各方面的挑战。记得你两岁时，在河南大学校医院打针，你就咬住牙说："我不哭！"最终战胜了疾病。勤奋与懒惰、坚毅与懦弱、前进与后退、幸福与痛苦、胜利与失败是天然对立、永远存在的。在人生的长途跋涉中将遇到数不清的困难，坎坷是良药，磨难造英才。只要选择充满活力的前者，做到自尊、自重、自强、自爱，就一定能够战胜一切艰难险阻，胜利地到达理想的彼岸！

我希望你身心健康。健康是人生的第一财富。健康的体魄，配以健康的心态，才能称为真正健康的人。健康是"1"，名利等全是

“0”。你17岁了，学习任务很重，还担任班长。看到女儿自加压力，经常熬夜读书，视力愈加下降，爸爸心在流泪、担忧。此刻，我再次劝诫，今后无论事情再多，任务再重，天气怎么变化，你一定要坚持锻炼，早跑1600米，晚数30个星星，做到坚忍乐观，豁达幽默，动静结合，高兴永远！

我希望你勇攀高峰。志不强者智不达。人若无志，与禽兽同类。你要做一个有理想、有抱负的孩子，不断树立自己不同时期的目标，并奋力拼搏，勇摘桂冠。记得你上幼儿园、小学时，学习成绩在全班总是第一，期期都是三好生。你还记得小时候考试时吃早餐，要求吃1根油条、2个鸡蛋的事吗？人是应该有一点精神的！人生的光荣，不在于永不失败，而在于能够愈挫愈奋。学习如逆水行舟，不进则退；工作像登嵩山峻极，不上则返。干任何事，都要不干则已，干则一流，干则创新，干则成功，干则辉煌！

天道酬勤，有德无敌。我的女儿定是一只张开羽翼，向着太阳，劲翔嵩岳太空的雄鹰……

我坚信你贺卡上的话：决不会让大家失望的。

祝羽儿成功！

永远爱你的爸爸

2004年元旦

附：女儿致爸爸的回信

我最亲爱的爸爸：

您好！今天，我意外地收到了您的来信，激动不已！虽然信上的许多话语，您已教导我多次了，但当我再次读起，便又不禁泪如泉涌。我只能说，我以有您这样伟大的爸爸而感到无比骄傲、自豪！

高中，让我感受了学习奋斗的酸涩与快乐；当班长，让我提高了组织协调能力并明白了与人交往的谨慎与宽容；住校，让我体会了自立自警的可贵与重要……我知道，我正从幼稚逐步走向成熟。在这过程中，您的殷殷期望，您的时时鼓励，您的谆谆教诲，您的厚厚慈爱……都对女儿产生了重大的影响。

您的期望让我目标明确。您一直教导我：人贵有志，要立大志，要不断树立新的目标。不怕做不到，就怕想不到。世上无难事，只要肯登攀。所以，我才能在每一阶段的学习生活开始之前，作出可行的计划，定出明确的目标。目标是灯塔，有了灯塔的指引，船才能行得快、行得稳，我连年取得好成绩，年年被选为优秀学生干部、三好生。

您的鼓励教会我乐观坚韧。记得上小学三年级时的一次期末考试，我数学考98分没有进入班里前3名，回家躲在门后不敢见您。您下班一问，我就“呜呜”哭了。是您笑着把我拉到沙发上说：“小班长，这次没考第一不要紧，要紧的是找找丢分的原因。想想，什么原因？”我眨了眨眼，总结说：“主要是太粗心，写完卷子急着交，没检查，一道题的数写错了。”您“哈哈”大笑：“细节决定成败。今后认真就是进步了！”这是多么难忘的鼓励啊！当我遇到困难时，您告诉我“瀑布不因顽石的阻挡而停止歌唱”。当我悲观失望时，您告诉我“背对太阳，黑影就在你的前方；迎着太阳，黑影就被你甩到脚下”。

著名画家郑玉昆题赠张国臣嵩山《芦雁图》

当我受人妒忌以致气馁时,您告诉我“鹰尽管有时飞得比鸡低,但鸡却永远也飞不到鹰那么高”。您的鼓励,总能让我在黑暗中看到光明,在困苦中找到快乐,在失意中找到自信,在劣势中找到优势。

您的教诲使我理智。您要求我珍惜时间,要我“不要把飞逝的现在当做友人,不要把静止的过去当做仇人”,我才会在偶尔的疯玩之后,迅速收心,投入学习;您要求我调整好自己的心态,告诉我做事“岂能尽如人意,但愿无愧我心”,我才会在遇到不公时,坦然接受;您要求我学会宽容,告诉我“虚怀若谷,大智若愚”,我才能用一颗包容的心,化解一些琐碎的小事……您的教诲,让我能适时地认识自己,鞭策自己,懂得慎独与自省,逐渐走向成熟。

有这样一首歌:“无论你是贫是富是卑是尊, 切莫忘记谁将你养大谁将你生……几番坎坷几度辉煌人生万里路, 谁为你流泪谁为你牺牲谁送你上征程……”

爸爸,我知道您十分疼我、宠我、爱我,您天天都在关心、关注女儿。当我上小学患过敏性鼻炎时,您和妈妈四处寻医,我身上被试扎了20多针。您流泪说:“宁愿爸爸受苦也不愿女儿受罪。”记得考初中选重点学校时, 您为女儿冒雨四处奔波求人……衷心地感谢您对我付出的一切。我知道,现在的我,无法为您买下豪宅,无法为您烹出山珍,但我的一句问候,天天平安,点点进步,同样能让您欣慰许久,甜蜜许久。因为在“孝”的天平上,它们等值。

爸爸,我十分敬您、想您、忧您。您前年率河南政法团赴西欧考察,上火车前,女儿在外语学校不能送您,给您打电话送行时,我都哭了,女儿实在担心您患病或有什么闪失!时光荏苒,又是一年。把快乐与您分享,它就变成两份;把痛苦与您分享,它就变成一半。您既拼命工作勇争一流,又挤时间读博士思考笔耕,女儿真想为您做点什么,为您分忧解难。女儿再次劝您,您已47岁了,夜里不要工作太久，每天一定要睡够8个小时。我也许曾让您生气，也许再说显得重复，但女儿还是要说。我一定把您坚毅勤奋、乐观向上的精神继承光大，勇攀高峰！相信我，决不会让您失望！

爸爸，看了您的信，我班里的几个好朋友都羡慕我，怨她们的父亲没有写这样的信。可我提起笔来给您复信，真不知该写些什么了，也许是感谢，也许是感激，但我觉得千言万语都难以表达我对您的深厚感情。转眼间，女儿已经通过层层筛选、笔试面试，即将以“优秀生”名义保送迈入北京外国语大学校门。您天天起早贪黑忙工作，我知道，女儿上大学也意味着和您在一起的本来就不多的时间会更少了，但请您放心，我一定会加倍努力学习，也一定会成为一个懂事孝顺、永远向上的好女儿的！相信我会成功，一定能够成功！

谨向我亲爱的爸爸献上我最衷心的祝愿：永远身体健康，工作顺利，天天开心！

您的女儿：小羽

2004年1月16日

二、乐于吃亏　科学发展——再致女儿的信

亲爱的羽儿：

爸爸收到你寄的贺年卡，即向你妈妈读了，好感动！

当你接到此信时，你期中法律、英语等十几门考试，已全部成功了。

2006年你的学业大进。你暑假不回家而读“新东方进修班”，开阔了视野。你学习攻关，有时一天仅睡4个小时，有时连吃饭都让送

盒饭到寝室，只为节省一分一秒啊。如此，怎能不连年获得一等奖学金呢？

2006年你的生存能力大长。社会是复杂的，如登嵩山途中的荆棘丛生，只有适应才能生存，只有战胜才能前进。八月份，你利用假期到省司法厅律师事务所实践，连夜用学到的知识翻译法律合同书40多页，乐于吃亏，不给报酬就不要。这就是学会生存！吃亏是福啊！下半年，你又连续参加"国"字号的英语辩论赛、演讲比赛获奖，锻炼应变、应对社会挑战的能力，学会抓主要矛盾，选最佳方案提高自己……我们的好女儿，你比爸妈上大学时的成绩还棒！

2006年你的体质大增。面对繁重的学习任务和众多的社会实践活动，你都争先，仍然合理安排时间，有规律地锻炼身体，日跑三千米，体育考试，被同学羡称"非人类"也。你很要强，曾为累得无法挤出时间而苦恼。当听到"爸爸，我实在做不完作业，真想跳楼"时，爸曾拍着你的肩膀说："不行，就舍弃一项吧"，而你却宁肯啃面包也要赶写出，没有舍弃。这是心理素质的考验！当爸爸在电话中要你"沉着有序，加强营养"时，你可知道，爸爸在流泪；当发短信"苦中有甜，再苦，也还有一周，欧美圣景在向你微笑招手"时，你可知道，爸在心疼。我们的好女儿最终战胜了困难，那一个个奖牌，那优秀学生干部奖状，不就是胜利果实吗？

羽儿，爸妈为你自豪！你的"功"，确实是对我们，对关心、支持和培养你的人们的安慰！

新的一年开始了，你就要进入大四，就要考研了，任务重，也要有生活的选择，要科学发展，学会轻松快乐地学习生活。大一时，爸妈教育你专心学习，不谈恋爱，你是班里唯一没谈的一个。班长，就应做表率！大四，在搞好学习考研的同时，如遇到年龄比你大的，性格和你互补的，所学专业与你相学相长的，条件相当的，可以多接触了解。

“有困难,找爸爸”,请记住,我们的宝贝!

祝你健康、平安,开心每一天!

永远爱你的:爸爸　妈妈

2007年1月17日于郑州

附:女儿张羽致爸爸妈妈的来信

最亲爱的爸爸妈妈:

今年太忙,就不分开给你们寄了,合二为一吧!

2006年,我应该是充满感恩的:得了一等奖学金,学完了托福Lsat,获得北外、全国大学生国际英语辩论邀请赛及西安全国辩论邀请赛的最佳辩手,并还为北外赢得了两年来的第一个辩论一等奖,得了21世纪杯英文演讲比赛的优秀奖。马上,又要去参加Jessup国际模拟法庭的比赛。总之,是丰收的。

写下这些,不是为了表功,我知道,向爸爸妈妈不需要表功。但这些“功”,是给你们最好的新年礼物,也是最大的安慰,是对你们的关爱、付出最好的报答。

2007年,是女儿关键的一年。我要参加托福考试,打开考取美国纽约大学等名校法学研究生的大门,要辅导学弟学妹参加国际英语辩论大赛,要开始准备英语、法学两个专业的大学毕业论文,争取论文优秀,获双学士学位,要争当北京市优秀大学毕业生……

感谢的话写得太多了,这么多年,都在写、在列,但语言仍显得空洞。所以,今年,我就将这半年的所得与我最最亲爱的爸爸妈妈分享,把新一年的学习计划向爸妈汇报。换个方式,但真心不变!

还是要祝我最最亲爱的爸爸妈妈:

2007年,身体健康、开开心心,我们全家幸福!

女儿:小羽

2006年12月29日

【吴元成评】

自强不息,厚德载物,大爱无疆。这样的言传身教对后辈和学子的影响必将是深远的。

【李孟武评】

这一组书信让人倍感家庭温暖,情深意切,动人心弦。父亲关心体贴、睿智刚毅;女儿孝顺懂事、勤奋优秀。亲情永远!

著名书法家侯德昌题《嵩山的流泉》

嵩山的流泉

我1956年出生于嵩山,是喝嵩山的泉水长大的。

作为中国作家协会会员、河南大学兼职教授、硕士生导师,应河南大学出版社之约,我整理、编选了自1978年3月上大学以来曾经发表或未发表的部分文稿和图片。她们图文并茂、跌宕起伏,恰如嵩山上那不舍昼夜的流泉,再现了笔者孩提时代的纯真、少年时期的劳苦和青年、中年时期的奋进与开拓,从中可以看出一个在红旗下成长起来的共产党员在中国改革开放30年中执著追求、拼搏前行的进步足迹……

我崇尚老实善良——

善良永远是一种感化生命的力量。我的父母都是非常老实善良的人,父母的善行宛如润物无声的春雨,滋润着我的心田,点化着我的成长。我爷爷英年早逝,父亲张颍水三岁起与奶奶相依为命,苦若黄连。父亲大学函授毕业,1949年参加教育工作,为人师表,厚道待人,对奶奶十分孝顺。母亲王秋娥和我外婆李氏一样,长年吃斋念佛,连个蚂蚁都不忍心踏踩,见了可怜的穷人,宁可自己少吃一点也要尽力施舍。大姐张花珍中学毕业后教书,给予我教育的启蒙。二姐张改珍为了照顾幼小的我,竟推迟上学。我的童年充满饥饿和苦难。记得1961年冬的一天,家里太穷,揭不开锅,全家从早到晚没有吃东西,我更是饿得哇哇哭叫,母亲没有办法,跑到外村，借了几块红薯，在火上烧烤，让我充饥。可当她发现邻居的小闺女也眼巴巴盯着红薯时，就毅然决然地将红薯一分为二给这位小女孩。对一个饿得要昏死的儿童来说，那红薯片是多么香甜诱人啊！我母亲曾带我到生产队的牛圈石槽缝里，一粒一粒地捡牛吃不住的麦粒充饥，一边捡拾，母亲一边流泪。此情此景至今仍历历在目。

启蒙教育点燃我求知的热望。我的父母不仅教会我善良，而且给予我严格的启蒙教育。1962年春天，母亲和姐姐拉着我的小手，进了登封县王村小学一年级。白天老师教读“大小多少，上下来去”，我的读书声音最大。晚上回到家里，母亲烧香念佛，姐姐教我写作业。父亲在县城教育局工作，上过私塾，古文好，字也写得好，每年春节都无偿地帮乡亲写春联，尽善事。父亲要求我每天临摹柳公权的《玄秘塔》帖，写30个毛笔字，月底他从县城回来批改。我上小学时字写得比较好，为老师酷爱，三年级时写的作业就参加全校的比赛展览，超过了高年级学生。小时候我爱练武术，爱打乒乓球，在照“全家福”时，手里还拿着一个乒乓球。有时候因打球几天不写大字，待父亲快回时，就连补写几张，父亲一阅，就“露馅”了，要打，奶奶就把我搂在怀里，妈妈也哭劝。最后，父亲严厉教训我，罚我读写背诵《唐诗100首》，教我背毛主席语录“当老实人，说老实话，办老实事”；要我“好好学习，天天向上，不打人，不骂人，争当三好学生”。

孩提时代的启蒙教育太重要了，可以影响人的一生。几十年来，我是中华民族传统的忠孝仁善博爱文化教育的受益者，尊重领导，尊敬老师，尊崇德高望重的长者，老老实实读书研究，干干净净做人做事，兢兢业业争创一流。我像父母亲一样，以“滴水之恩，涌泉相报”育德修身。尽力多做好事善事，尽量帮助穷苦弱者，曾用自己的工资捐助多位爱学习的穷苦学生。几次听到小学、中学的老师

作者全家福(1964 年夏)

困难时，即捐助钱物。我曾将上万元稿酬购成书刊，捐赠给家乡学校，并把郑州市政府授予的“发展旅游特别贡献奖”2万元奖金捐赠给留欧研究生继续上学。我遵纪守法，严格要求自己，以“忠诚可靠，吃亏是福，知足知止”养性处事；在日常工作生活中以善良之心宽厚待人，严谨认真，和谐求稳，以至在乒乓球比赛时也是球球必争，以柔取胜。我坚持以德从政，不贪不狂，不党不私，以人为本，多办好事，结识了众多知己朋友。世事如棋，让一步不为亏我；心田似海，集百川方见容人。尽管有时也因太老实善良而吃亏、被骗、受辱，但历史是公正的，社会总体上是公平的，最终还是正义战胜邪恶，真理战胜谬误，成功永远属于勤奋忠厚善良的老实人。

文如其人，图如其人。可以说，《嵩山的流泉》“原汁原味”地记录了一个以苦为乐的老实善良之人所经历的事，从一个方面再现了时代历史发展的痕迹面貌。

我挚爱读书修身——

读书求新知，磨砺出真功。我从小就爱好习武、读书。父母曾带我到少林寺、嵩阳书院、中岳庙、观星台领略古寺仙风，承受圣贤熏陶，给我起名“国臣”，不知有多少虔诚的祈祷和美好的祝愿！1964年，我们小学的体育课是学练少林拳，少林高僧释德根拳师与我父亲在县教育局认识，他单开“小灶”，给我讲唐朝、明朝少林英雄锻炼体魄、保家卫国的故事，精心教我练少林气功，打少林小洪拳，我拜他为师，刻苦练习。释德根师傅曾笑对我父亲说：“国臣干事很认真，一定会有出息的。”不久，庄则栋得了乒乓球世界冠军，全国兴起乒乓热，学校老师选拔我到乒乓球队，出外比赛多，曾一度影响学习。“文化大革命”开始了，学校停课，县里不进行乒乓球比赛了，我的冠军梦也因之暂停了。当时就想，如果不搞“文化大革命”，有正常秩序多好！1966年，学校长期放假，我回生产队劳动，放牛、割草、拾羊粪，一天仅挣2分钱，连肚子都填不饱。但好在家里有书，读《毛泽东选集》，不懂也读。《平原枪声》、《说岳全传》、《钢铁是怎样炼成的》等小说都看，见村里有小说，就借阅，外村有书就跑去找来读。上山放牛，就把牛绳拉长，我读书，牛围着我吃草，吃光了拉着我换地方。在牛背上、麦田边，偶尔也学写几篇散文、诌几句小诗。当我贪玩的时候，父亲曾严厉训责我，并给我讲古代“苏秦悬梁刺股”、“李白铁杵磨针”的故事，鞭策我刻苦学习。一天风雨交加，当看到《说岳全传》中岳飞风波亭中遇难，我竟痛哭失声，二姐跑去问我“怎么了”，我说：“岳飞一代忠臣，被奸臣陷害死了，真可惜啊！”发誓要学习爱国英雄。

逆境给人力量，苦难催人奋进。苦难有时是一所最好的学校，它教你学会珍惜时光，催你拼搏。1966~1969年是我少年时期最苦的四年，拣煤渣、卖茶水、拾羊粪、拉板车、撒粪、锄地、收麦、扬场等都干过。苦力活干了，但读书仍没有停止。边学习、边劳动，时写日记；看《三国演义》、《水浒传》等古典小说提高了古文水平。我读书常记下名诗名句，再给小朋友讲故事、说诗词，大家围着我转，拥为“头王”。“文化大革命”中生活十分穷苦艰难，一天早中晚三餐都是红薯，有时连红薯也吃不上。我二姐改珍在大冶六中上学，每到星期六下午，我就到村头接她，她把在学校舍不得吃的改善生活的四两油条，带回让全家吃。对饥饿的少年来说，那又是多么丰盛难忘的美餐啊！1969年夏，我家再遭厄运，在县教育局工作的父亲，因拒绝诬陷局长而成为“保皇派”，被批斗陷害，关进“学习班”。母亲知道父亲谨慎怕事，担心父亲发生意外，就让我去“学习班”看望。父亲看到当时才13岁的我，与我抱头痛哭。我坚信父亲无罪，回家后，为救父亲，把家里值钱的东西全卖了。“造反派”到家里一看，全家睡地铺，连屋门都没有，成了真正的“无产阶级”，才算罢休。我父亲连年申诉，这起冤案1978年才得到平反。这给我幼小的心灵蒙上了阴影，知道了世事的艰难。在困苦中，我父亲教我们读书，家中没有桌子，我就和父亲用土坯垒土桌，和弟弟一起在上面读书写字。“文化大革命”造成我辍学长达4年，荒废了学业，浪费了少年宝贵的时光。但这艰苦劳动饱尝苦难的4年，也是我锻炼意志、业余读书的4年。那时，我是多么想上学读书啊！

1970年2月，喜讯传来，学校复课了。我跳过小学五、六年级直接上了初中。虽说是半耕半读，一天中学习劳动各半天，但能正式接触课本了，多么高兴啊！同年9月，王村公社成立了全日制中学，新派来五个大学生任教，学校一派生机。第一篇作文，我学写“七律二首”，赞《智取威虎山》中英雄杨子荣，获得全校最高分，授课老师都很喜欢我。因为是跳级上学，数学中分数等知识没学过，落后了怎么办？我就早晨5点起来读书，晚上12点才睡觉，每天比别人多学2个小时，所以门门考试都名列前茅。我写的作文经常在全校展览，书法、乒乓球比赛也是第一名，但因我父亲受冤，出身不好，是“狗崽子”，不能当学生干部，这引起许多老师和同学的不平。不公平的境遇使我再次受到刺激，我在日记本皮上题写“钢铁是这样炼成的”，发誓要好好学习、勇争一流！1971年5月，分管体育的张根壮老师力排阻挠，带我参加全县乒乓球选拔赛，结果我以第一名成绩被县里选中，集训三个月，又代表登封县参加开封地区乒乓球比赛。我英姿飒爽，挥拍沉稳，深得体委领导和观众的喜爱。回校后，抓紧补习功课，考试仍居全班第一。但在1972年1月即将毕业时，传来的消息仍是因我父亲受冤、出身不好，大队推荐上高中的名单上没有我。“我要上学，我要上学！”回到家里，我向父母哭诉，他们都哭了，姐姐弟弟也都哭了，可又有什么办法？我大哭大喊：“你们为什么生我？你们为什么生我？”妈妈哭道：“真不行，你就到荆州地委找你舅父去吧！”我舅父王登昆是老革命干部，时任荆州地委农办主任。母亲这句话点燃了希望的火炬，我擦干泪水又回到学校学习。一天晚上下了自习课，在操场沟沿边，一个女同学送我一个小包，说：“大家都很同情你的处境，你要坚强！”她走后，我打开一看，是一支红钢笔和一个黄色塑料皮笔记本，笔记本的扉页有英文赠词“好好学习，天天向上”。我的泪水夺眶而出。在我最困难的时刻，这种真挚的同学友爱之情是多么珍贵！我发疯学习，在毕业考试中又考了全年级第一。待公布了分数，我把自己的获奖作文《海燕》签字后回赠给她，便迎着凛冽的寒风毕业回乡劳动了。

“学习考试第一，乒乓球比赛第一，难道高中课堂就不能给优秀生张国臣一个座位？”陈万有等老师向县教育局上书奔走，村党支部屈盈电等领导及许多群众也大胆站出来推荐说话，终于，县里主持公道，又专分个“可以教育好的子女”指标，1972年3月我可以继续上学了。在上高中这个关键时刻，尽管有人嫉妒阻挡，有人怕受牵连而躲避，但最终还是党的英明政策和人民群众的伟大力量推动着历史前进！当时，全国类似这样的事例数不胜数。我非常热爱党，感谢那些正直的人们的无私帮助。能上高中了，倍加珍惜来之不易的机会，早起晚睡，拼命读书。山村书少，就自抄了《唐诗三百首》。陈万有、王太平、吴应奎、李明等老师对我非常好，都严格要求、精心培养我。我战胜一切困难争一流，在高一期末考试中，7门功课平均成绩达99分，创作的文学作品也有多篇在市、县刊物上发表，被评为“三好学生”，加入共青团。1974年1月以优秀成绩高中毕业后，曾教过小学。学生在课堂下读书，我在课堂上朗诵古诗词，由我任教练的王村小学乒乓球队获登封县冠军、开封地区亚军。1975年11月，县里又选调我到母校登封一中教高中，我在教学中开阔了视野，学到了新的知识。1977年3月，我参加了登封电厂会战，负责宣传工作，创作的通讯、诗歌、散文时在报刊发表。

1977年10月，邓小平拨乱反正，恢复高考制度。从广播中听到消息，我高兴得跳了起来。离参加考试太近，我连续18天没有脱过衣服睡觉，白天工作，夜晚复习，困了不敢睡，就用针刺食指，以血明志，最终以全县第一名的成绩考入河南大学中文系。1981年12月，岳耀钦教授指导的我的毕业论文被评为优秀，我获得了文学学

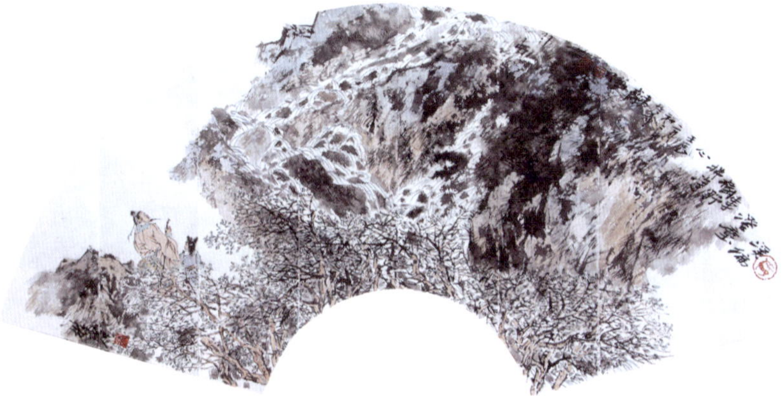

著名画家王一汀题画《嵩山的流泉》

士学位;1996年我任省委政研室副主任期间,在职攻读河南大学经济学院许兴亚教授的硕士研究生,1999年12月毕业论文仍然被评为优秀,获经济学硕士学位;2001年我任河南省委政法委副书记,继续在职攻读华中科技大学管理学院黎志成教授的博士研究生,2003年12月毕业论文再次被评为优秀,获管理学博士学位。2008年3月我任河南省人民检察院党组副书记、常务副检察长后,继续在职攻读中国政法大学法律史学研究院张晋藩教授的法学博士研究生。我感到,世界上最幸福的事就是读书……

文以载道,诗以言志。可以说,《嵩山的流泉》真实记录了一个求学者读书、修身、成长过程中的所思、所悟、所得,其中蕴涵着无数正直善良的领导、老师对一个学子的无私帮助以及悉心培养和教诲!

我笃信天道酬勤——

勤恒得进,挚爱默行。勤奋是一种默然的力量,她让我惜时如金,催我拼搏奋进!天可补,海可填,山可移。日月既往,不可复追。1966~1976年“文化大革命”的十年,荒废了我们这一代人宝贵的少年学习时光,实在可惜!我生在嵩山偏僻的小山村,读书的人本来就少,加上师资力量欠缺,老师教错字的情况时有发生。如“造诣”的“诣”,小学时老师读“旨”,我们也就跟着读错了。在劳动间隙读小说,也是凭感觉和意思推测生字读音的。加上我连跳两级直上初中,没有学过数学、历史、地理等课程,所以,在考上大学前文化基础知识不厚。1978年3月进入大学读书后我发现了自己的不足,写下《学知不足》诗。与各地汇集到大学校园的精英一比,自己为“中等”,曾一度苦恼过。加之生活穷苦,弟弟张国典也考上了大学,父母身体有病无人照顾,曾一度想退学。我舅父王登昆时任湖北省荆州地委秘书长,他鼓励我克服困难,刻苦学习,努力成才,以报效祖国,每月给我和弟弟各寄6元钱资助。这可是雪中送炭啊!我到中文系系主任任访秋教授家里汇报思想，求教人生真谛。70多岁的任老介绍他一生的坎坷经历，讲他在困苦中“板凳要坐十年冷，文章不写一句空”的成功妙方，赠我八字：“天道酬勤，有德无敌。”

学问勤中得，萤窗万卷书。大学读书，奋起猛追！我1978年写《起跑线上》、《攻读》两诗表达了当时的心情。白天听课，我专心听讲，认真记笔记；晚上，别人10点睡觉，我要在“长明灯”教室学到12点。我战胜自我，清心寡欲，别人在花前月下“卿卿我我”，自己只有以书为伴，刻苦攻读。河南大学图书馆几乎成了我的家，其每一个阅览室，都留下了我查书读书的足迹。我的大一作文《图书馆记》真实地记载了当时的情景。不仅读自己学校的藏书，我还多次利用节假日到其他大学的图书馆借阅书籍。我深切地感到，时间是流动的生命。金钱能买来很多东西，但买不来时间。我的作文《嵩山，泉水丁冬》表达了对时间的珍惜，必须争时间、抢时间学习。但要做到“慎独”、“笃学”是何等难啊！生活窘迫，早上买5分钱咸菜，还要留一半以佐晚餐；3年仅穿了一件姐姐送的的确良上衣；寒假回乡，家里竟没一斤过年的猪肉；发表文章挣点儿稿费，马上买书；勤工俭学，为杂志社编校抄稿打工；一天只吃两餐，“你有什么？”被俗人看不起……哈哈，我坚信世上无难事，只要肯登攀，写诗回答：“我没有钱财，但有向上的精神！”读《离骚》、背唐诗、歌宋词、看元曲、写评论，咬着牙、噙着泪奋进。辛勤汗水换得硕果累累，我考试成绩优秀，连连发表文章，积极参加社会公益劳动，热情帮助同学，被评为“三好学生”。

疑难是求知的先导，思考是破疑的尖刀。学习只有和思索相结合，做到学以致用，探索创造，才能收获成果、造福社会。我生于嵩山南麓，对中岳嵩山感情甚深。1979年在读大学二年级时，从图书馆里看到一本《说嵩》，知道古代汉武帝、武则天、李白、白居易等都到过嵩山，热爱嵩山。我就想，古代帝王、名人为什么钟爱嵩山？是因为嵩山文化丰厚。怎么弘扬嵩山文化呢？思索之余，逐渐形成了要编著一本有关歌颂描写嵩山的诗文集的打算。中文系党总支书记杨瑾、副书记苏文魁等老师非常支持鼓励我攻关。我就在1980年的暑假徒步考察了嵩山30多个景点，并积累资料，又利用一个寒假，经过不断的探讨，终于写出了《嵩山诗选注》一书，著名教授任访秋老师看后高兴地说："人贵有志，学有专攻。现在你若研究唐宋文学，很难超过全国名家。但若深入研究嵩山少林文化，全国名家定超不过你！"欣然作序给以推介，由地质出版社出版，该书成为我国改革开放后研究介绍嵩山文化的第一本专著。大四时，校党委就抽我到校报帮助工作。我的笔在不停地写，逐渐找到一些写作的诀窍，大学4年我共出版2本书、发表了30多篇文章，在全校名列前茅，毕业后即留校宣传部工作。

做入世的学问，以勤补拙。1982年3月，我刚参加工作即把多病的母亲接到河大，为她治疗、做饭、洗衣，使50多年在农村积劳成疾的母亲过上了城市生活，脸上有了笑容。我当时住6平方米的房子，夜里常通宵灯明。学习编辑业务，承揽校报的"编排校印发"工作，大胆提出改版丰富内容的设想，采写出一篇篇好消息、好通讯。连续加班编写《河大概况》一书，采访知名教授，累得吐血，患肺结核病住院。当时真难啊！坎坷多灾，贫困缠身，遭人欺辱，忍受着常人难以忍受的痛苦。我写的《病中杂感》即为写实，多次仰天痛哭！困难之时，方见真情！校宣传部长申志诚教授到医院看望慰问我："你拼命工作，太不注意保护自己了。"是啊，世界五彩，社会复杂，做学问干工作不融入世界、把握规律怎么能行呢？身体是"1"，其他什么名利、爱情、地位等都是"0"，没有"1"，"0"有何用？必须健康地站起来！我前往嵩山少林寺请教释德禅方丈健身方法，德禅大师为诚所动，对我秘传"禅定气功"，配合药物治疗，肺病半年后即痊愈。我把学练少林功夫的体会写成文章发表，引起反响。1983年，中国旅游出版社范云兴教授邀我主编《少林武术》丛书9本，发行数百万册，开了系统研究少林武术的先河。校党委副书记、著名历史学家靳德行教授支持我走又红又专道路，一边搞行政工作，一边搞教学科研，著书立说。1983年，我曾拜访著名作家姚雪垠、臧克家、田间，请教作文入世秘诀，与霍松林、陈迩冬、李瑛、林从龙等大师说嵩山写少林，信札往来，谈诗论文，他们赠诗鼓励，我结集出版了《少林诗词选注》一书。1984年，我前往北京大学拜著名哲学家冯友兰教授为师，他在“三松堂”书屋教导我“二程嵩阳书院新理学”，使我受益匪浅！1984年我光荣地加入了中国共产党，任《河南大学报》编辑部主任，后任河大少林武术学院副院长。

1985年，我亲爱的宝贝女儿出生，我和妻子王素珍桑梓嵩山，同桌研文，给她起名“张小羽”，意为“张开羽翼飞翔”。心中有希望的太阳，人生才会充满力量。我笔耕不辍，同年出版《中国艺术之最》一书。1986~1989年，又先后主编出版《中国当代大学生优秀文学作品赏析》丛书4卷8册(120万字)，全国政协副主席苏步青教授称其“填补了中国当代文学史上校园文学的空白”；主编出版《中国文化之最》(160万字)、《花鸟诗歌鉴赏辞典》(150万字) 等20多部专著，得到魏巍、冯英子、孙玉石等名家评论，为学术界同仁惊诧，被新闻媒体专访赞扬。苦和甜、失与得是紧密相连的。这一阶段也是我青年时期最值得骄傲和较为充实的时日，养成了每日早起练少林武功、天天读书思考写作的习惯。习惯成为幸福乐趣，直到现在，我的星期天、节假日也大都是在办公室、书房度过的。我感到，读书创作，文思泉涌，一日不读书报就像缺少什么，不记日记、写文章就感到怅然若失。自认为把握住今天，胜过两个明天，在三尺书桌指挥“千军万马”、笑看云起花落、直抒胸中豪情、以德立言是何等惬意啊！

做出世的人生，顿悟创新。勤劳的汗水获得的硕果产生了一定的影响，引起党和政府领导的关注。1988年，郑州市纪委书记白福

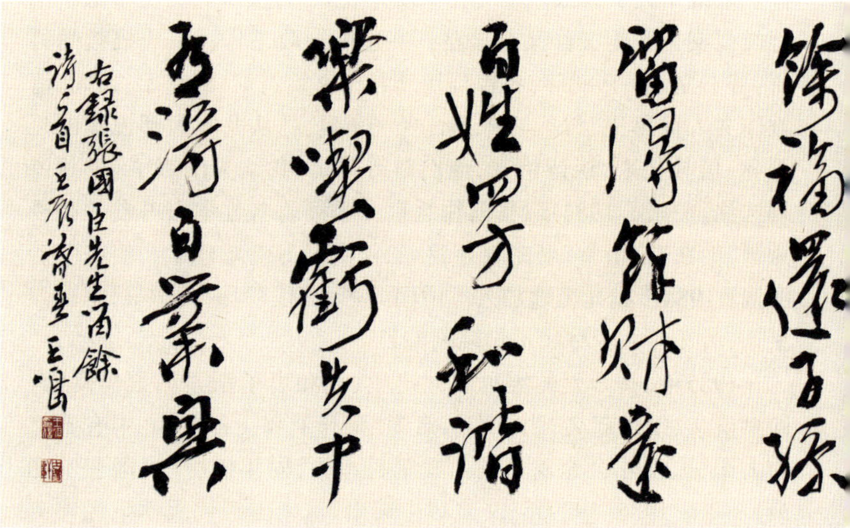

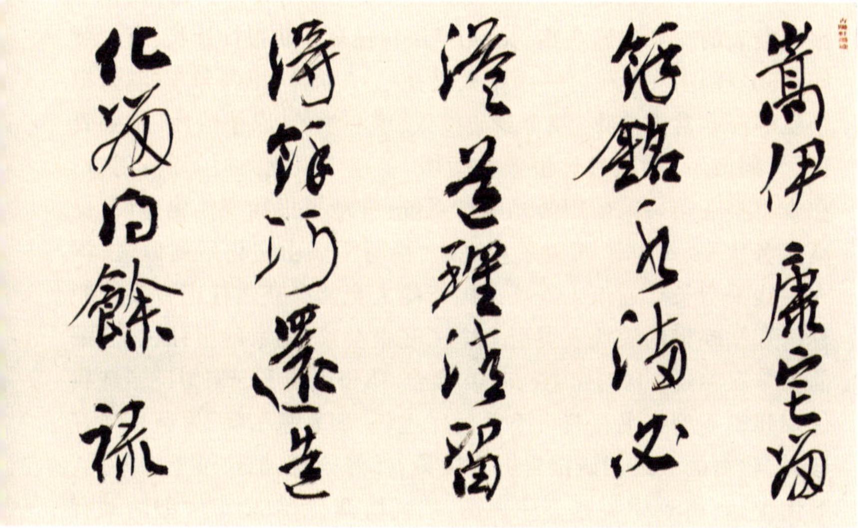

著名书法家王鸣书张国臣诗《留余》

治、登封县委书记宫寅等领导多次推荐并要我到地方工作。同年11月，我走出河大校园任郑州市委办公室副主任，分管文秘，在省市报刊发表的文章连连获奖。1990年初我任郑州晚报社社长，有人疑问："30岁刚出头能带好一个千人报社吗？""能！"市领导李连魁、祖松臣等都非常支持我。我全身心投入，虚心学习，以德治社。加强管理，大胆改革，使报社经济效益猛增，首建了报业大厦；开拓创新，在全省报业第一家使用激光照排系统，推动了报社现代化建设；提高业务水平，举办了新闻系列讲座、撰写了嵩山文化系列散文，深入一线采写长篇通讯，连获全国新闻大赛奖，获主任记者高级职称。郑州晚报的快速发展引来全国晚报会议，48家晚报社长、总编前来学习参观。1991年9月，省委常委、郑州市委书记宋国臣亲选我任郑州市委副秘书长兼市委办公厅主任，那真是忙啊、累啊！当好参谋，我写的多篇调研报告进入决策；抓好信息，加快了上情下达、下情上达，得到中央办公厅表扬；加强协调，组织全市大型活动有条不紊，曾陪原国家主席杨尚昆、全国政协副主席马万祺等领导人考察嵩山，讲嵩山文化，他们鼓励我要克服困难，著书立说，有所作为。然而，只有书本知识是难以解决现实复杂矛盾的。我认为，人生要刻苦学习，提高理论水平，勤奋工作，有所创造，不能浪费时光玩耍享受。当有的人整夜打牌歌舞时，我不参与，而是挤时间读书思考，加班干事，也曾不被人理解啊！看到那些见利忘义、投机钻营、阳奉阴违、拉票贿选之徒，我曾直言批评，严厉阻之。水清无鱼，过刚易折！1994年8月我亲历了登攀嵩山峻极峰之不易，顿悟出只有顺应历史潮流才能发展、只有跳出书本之外做有用学问才为成熟人生的道理。坎坷是良药，知识出智慧！我发誓"在不惑之年要出不惑之书，要完成一部全国第一的著作"。我在实践中思索，在工作之余系统研究嵩山少林文化，开始动笔著书。为了有一个完整的业余时间进行写作，我曾连续几个春节都闭门谢客，掐断家里电话；为了克服那些冷学科中知识空白的困难，我曾去郑州大学图书馆，重回河南大学图书馆，再当学生，背回了两箱书。我用散文的笔法写出理性的东西，力求深刻有哲理，起书名为《少林文化览胜》。作家同学孟宪明看后，建议我重写，应写成其他人都写不出的嵩山少林文化论文，在理论上来个飞跃。1995年，我再写第二稿，分18篇论文陆续发表，结集为《中国少林文化论》。在河南人民出版社将要出版时，著名教授、省文化厅副厅长周鸿俊老师看了，认为很有价值，是对少林文化的新发现，但他建议我再增加旅游经济，来一个新突破。此时我实在太累了，不想改了。众老师给我鼓劲，我在节假日废寝忘食，曾累得晕倒在书房，但仍手不释笔，拼搏向上，经三易其稿，不断完善，终于成就了47万字的《中国少林文化学》，从21个方面对嵩山少林地区的禅宗、道教、儒教、天文、地理、建筑、武术、医药、经济等文化奇观进行探索，总结出其发展轨迹，建立起"中国少林文化"体系，构成了一门学问。国家新闻出版署于友先署长作序，认为该书"以深邃的哲理让人回味"，"具有独到的学术敏感"，"在区域文化研究史上是一个重大突破"；中央政研室主任滕文生盛赞此书："不来峻极游，何能小天下"；著名文化学者余秋雨教授评介该书"心寄少林"，题词祝贺出版。该书先后荣获河南省优秀社科一等奖、"中南18省优秀图书奖"、"首届中国民间文艺山花奖·学术著作优秀奖"。

知识的海洋给人以修身营养，坎坷中治学更能淘沙见金。1996年，河南省公开选拔副厅级干部，在省市领导和同志们的支持帮助下，我走进了考场，最终被任命为省委政研室副主任，进入省委的"参谋部"、"智囊团"。时任河南省委书记李长春、省委常务副书记任克礼等领导跟我谈话，提醒我环境变了，在搞行政工作的同时，读书、写作、治学的笔可不能丢。多么中肯的教诲啊！我加强学习，参与组织起草省委省政府重要文件、讲话，撰写的关于政治、经济、社会、文化、党建的调研报告一篇篇得到省领导批示进入决策，研究少林文化的一篇篇论文被报刊连载。1998年，受中央党校出版社之约，我组织编选的李长春文集《团结奋进振兴河南》出版，引起省内外读者良好反响。宋代理学大师程颐在嵩阳书院讲学时曾说："积学于己，以待困也。"时刻积累知识，等到用时就能发挥作用，此为真理！多年来，我无论看书阅报，还是查阅某种资料，均作笔记，或剪报备存，或抄录留用，如此聚沙成塔，滴水穿石，积累下数千万字的读书资料、笔记日记。《嵩山的流泉·箴言卷》就是靠平时积累所作。2000年，省委副书记范钦臣、常务副省长李成玉指示我研究旅游文化，我学习摄影，多次采风，留下了历史文化瞬间，撰写了《中岳嵩山》10集文化风光电视片文学脚本，由中央电视台摄制并连播。

学习的目的在于运用，理论只有与时俱进指导实践才能产生良好的社会效能。2001年3月组织上调我任省委政法委副书记，省委书记陈奎元、副书记李清林亲自和我谈话，教导并鼓励我加强学习调研，在政法理论研究上取得新突破，我发表了《治安防范管理现代化》等论文。2002年7月，我兼任省社会治安综合治理办公室主任，撰写了《博弈论在社会治安防范管理中的应用》等论文；组织起草了《河南省社会治安综合治理条例》，经省人大常委会通过，使全省社会治安综合治理法治建设上了新台阶；提出了全省综治工作在整体绩效上努力达到"四个领先，六个不发生"的具体奋斗目标，推动全省掀起了你追我赶的"争创先进"热潮；推进了全省社会治安防控体系建设，加强了社会治安城市辐射战略研究，建立了城乡考评体系。2003年初，我当选七届省纪委委员、九届省政协委员，省委书记李克强派我到中央党校学习深造，加强文化软实力研究，接触了当今世界前沿学科。我运用扁平化、矩阵式管理模式，在社会治安综合治理中创新实践，收到良好效果。2004年中央考核河南优秀，进入全国社会治安综合治理先进省，一些兄弟省前来学习"河南模式"和经验。

文化的魅力来自文化的个性。嵩山文化以其鲜明的风格气派在中华文明中独树一帜,成为中原儿女团结奋进的不竭动力。2004年我出版专著《神奥嵩山》(58万字),全国人大常委会副委员长费孝通教授评价"求索嵩山神奥处,谱写中原文化魂";中央文史馆馆员侯德昌教授评价"用先进文化弘扬精神,借秀美山水再创辉煌";人民日报社社长王晨教授作序称《神奥嵩山》"内容丰富,生动中见神奥,平实中见深情",是"有益之卷"。2005年1月,我任省委政法委常务副书记,当选八届省委委员,省委书记徐光春多次教导鼓励我刻苦学习,学以致用,落实科学发展,密切关注民生,构建和谐社会,进行理论创新,我的博士论文《中国省会城市治安防范管理模式研究》修订出版并获省社科二等奖,运用到郑州治安防范管理中,获省科技进步二等奖。2006年我宣讲社会主义法治理念、撰写文章探索法院审判管理新模式。2007年撰写《贯彻党的十七大精神,惩治预防渎职侵权职务犯罪》理论文章,提出了创新"打防协一体化"工作模式,得到中央政法委、最高人民检察院、省委领导的批示肯定,进入决策。2008年,撰写《河南省政法简史》,首次比较系统地总结出全省政法工作"初始创建"、"成熟完善"、"创新发展"阶段的历史进程。学习创新,其乐无穷。

我先后在《人民日报》、《光明日报》等报刊发表《整合型稳定是构建和谐社会的基础》、《管理理念在知识经济时代的三大创新》等上百篇学术论文、评论。《人民日报》、《经济日报》、《法制日报》、中央电视台等20多家媒体报道我的学术成就,《光明日报》"学者专访"评我为"少林文化学第一人",被收入《世界优秀专家人才名典》。

学习需要创新,认识没有止境。可以说,《嵩山的流泉》是一个求学者理论和工作实践相结合治学的过程,也是一个不断提高认识世界能力的过程,更是众人才学智慧的结晶。2006年7月,我考察嵩山北麓的康百万庄园,这个13代、400多年兴盛不息的《留余》文化给我教育启发颇深，用10分钟写诗记之："嵩伊康宅留余铭，水满必溢道理清。留得余巧还造化，留得余禄还朝廷。留得余福还子孙，留得余财还百姓。四方和谐乐吃亏，失中有得百业兴！"我认为，物质享用是有限的，而科学精神是无穷的。只有认识的境界不断攀升，才能达到治学的出世境界。在生活工作中，如果不断地修养治学，留余求阙，把握住自己，掌握了规律，就能无往而不胜！

积善成德，天道酬勤。在《嵩山的流泉》出版之际，我衷心感谢本书编委会及众多的领导、老师、朋友在我最困难的时候给我的强有力的无私支持、培养和爱护！愿嵩山的圣洁泉水，永远滋养保佑他们这些好人及那些过去虽干过坏事但今天愿意改正的人，愿他们全家身体健康、平安幸福！因为世界需要更多的和谐，需要更多的爱！

嵩山流泉，润物永远……

（该文是作者2008年11月撰写《嵩山的流泉》九卷文集的后记）

【吴元成评】

嵩山流泉，人生指南。张国臣文集《嵩山的流泉》九卷，四百余万字，为"天地之中"登封古建筑群申报世界文化遗产成功作出了理论宣传上的积极贡献，得到中原理论界和社会各界的好评。作者获得"亚洲财富论坛"2011年"亚洲最具影响力人物奖"。该文是作者研究嵩山、不断进步的成长史揭秘，也是启迪人生的金钥匙。

【李孟武评】

作者以时间为经，情理为纬，文笔如行云流水，娓娓道出成书过程。书厚重乃是人厚重，厚积薄发，才得汩汩清流。读书修身，从政为文，坚持不懈，天道酬勤，启迪人生。

河南省篆刻委员会副主任谷松章刻《嵩山流泉》

学习嵩山　感恩嵩山

春暖花开，万木复苏。我们即将迎来中国共产党90华诞，此时，我不禁想起1972年冬天，在登封县王村高中一年级读书时，陈万有老师教导说："学会唐诗三百首，不会写时也会诌。"杨万林同学借来一本《唐诗三百首》，我连续几天抄了一遍。笔头磨秃了，眼界开阔了，作文提高了。当时就暗立心愿，嵩山的学校不能缺书，今后我要成为作家，把自己写的心血之书献给嵩山，捐给家乡的父老兄弟姐妹们！

世上无难事，只要肯登攀！今天，我把自己的10本专著赠给登封的260多所中小学，把我和妻子王素珍、女儿张小羽的数千册藏书捐给"嵩阳高中国臣图书馆"。

谁言寸草心，报得三春晖？

我感恩，是党组织精心培养着我。记得1962年冬天，妈妈拉着我的小手进了王村小学。一年级的启蒙老师是付桂叶，她对我慈爱中加了严厉，教我学习，"大小多少，上下来去"，我读得声音特大；教我奉献，我打扫卫生干得最多；教我勤奋，我每天写字都比同学多写几页。我成为"三好生"，得了奖状，在班里第一个成为少先队员。1966年文化被"革"了"命"，10岁的我辍学回家劳动四年，什么农活都干过，饱尝了生活的艰辛。苦难磨练了意志，逆境激发了奋进的力量。1971年冬，党组织推荐我上了高中，我刻苦学习，六门功课考试平均成绩99分，被评为“三好生”，加入共青团。1974年初登封一中毕业后，王村大队党支书屈盈电即送我到学校教书，后又回到母校一中教高中。1977年党中央恢复高考，我考入河南大学，毕业后留校教大学，加入中国共产党，被评为优秀共产党员，任《河南大学报》编辑部主任。1988年走出校园，先后任《郑州晚报》社社长、郑州市委办公厅主任。1996年河南省委公开选拔副厅级干部，经过考试，我被任命为省委政研室副主任，后任省委政法委常务副书记、省人民检察院常务副检察长……我感谢伟大的中国共产党！

我感恩，是人民群众多年养育着我。1961年的自然灾害给中国人造成磨难。一天，我哭着喊“饿、饿、饿”，母亲带我到生产队的饲养院，饲养员钱大爷指着牛槽石缝里牛啃不到的麦粒悄悄对我说：“孩子，用手掏着吃吧。”我用小手一粒一粒捡麦粒放进口中。晚上，妈妈又从外村借了块红薯在火上烤，当看着邻居姑娘眼巴巴盯着时，妈妈就毫不犹豫地将红薯掰了一半给她。1970年5月，体育老师张根壮培养我打乒乓球，送我到县体委集训，代表登封参加开封地区比赛获奖。1979年冬，我在河大图书馆看到古代名人李白、杜甫、白居易、范仲淹、欧阳修等都游览嵩山留下诗篇，萌发了编写《历代名人嵩山诗选》的想法，老师们都支持我。假期我登临中岳嵩山，考察古寺名刹，时任县教育局长的吕江水提供了大量资料，创造了良好条件；我采访少林寺方丈行正、德禅、素喜等大师，他们都谈禅论武，为我创立嵩山少林文化学科给予了理论上的支持。1997年，我的专著《中国少林文化学》出版并获首届中国山花奖优秀著作奖，郑州市委、市政府授予我发展旅游文化特别贡献奖。1999年，我带领省委、省政府调研组考察嵩山文化，嵩山的众多乡亲、著名拳师、专家学者谈了很多好的设想和感悟；2001年，中央电视台拍摄我撰写的十集文化风光片《嵩山》并在央视4套《走遍中国》栏目中连续播放，展示了嵩山的古奇神奥文化和登封人民的团结奋进风采……我感谢勤劳的登封人民、河南人民！

我感恩，是社会各界的领导、老师、朋友支持着我。从在登封读小学、初中、高中，到获大学学士、硕士、博士学位；从学写作文到发表作品，出版400多万字的文集，成为中国作家协会会员、教授、一级高级检察官，我每前进一步都是党的培养和众多领导、老师、同学、朋友关心支持的结果。我热爱登封，呼吁在登封建立大学，1985年至1988年，登封县委书记白福治、宫寅全力支持登封与河南大学联办河南大学少林武术学院，今年，登封市委、市政府王福松、郑福林等同志全力支持在登封办郑州大学嵩阳国学院；我热爱嵩山，出版大型文化系列丛书《嵩山的流泉》，省领导李克、王文超、连维良、毛万春、赵建才、蒋笃运等全力支持，许多编委牺牲节假日审稿修改，河大出版社列为重点书目出版；我热爱嵩山，深入研究嵩山文化，原国家主席杨尚昆鼓励我要克服困难、著书立说，原全国人大副委员长费孝通为我题词："求索嵩山神奥处，谱写中原文化魂"，原全国政协副主席张思卿为我题词："纸上得来终觉浅，绝知此事要躬行"；我向登封中小学校捐赠图书，97岁的国学大师文怀沙教授题写图书馆名并赠言"正清和"，中国著名书法家张海、李铎、侯德昌等书写我的嵩山诗致贺，河南省、郑州市、登封市领导或发贺信支持或亲临会场……我感谢众多善良的领导、老师和朋友们！

嵩泉流大海，报恩常思追！

嵩山是我的家乡，我是喝嵩山的泉水长大的。近年来，在登封市委、市政府的正确领导下，经过登封人民的辛勤努力，登封经济社会又好又快发展，社会安定祥和，人民安居乐业。2010年8月1日，在巴西召开的联合国教科文组织世界遗产委员会第34届大会上，登封"天地之中"历史建筑群被列入世界文化遗产名录，揭开了登封文化发展的新篇章，古老的登封走向了世界！作为嵩山之子，今后，我要以共产党员的标准严格要求自己，更加刻苦学习，勤奋工作，开拓创新，乐于奉献，继续为家乡服务，为人民服务，弘扬嵩山文化，以扎实的工作实绩，报答家乡父老的培养和厚爱，为登封人民的幸福生活增砖添瓦！

登封登峰，再登高峰！

（本文是作者2011年5月16日在向登封市中小学捐书暨“嵩阳高中国臣图书馆”揭牌大会上的演讲）

【吴元成评】

嵩山赤子醉心于嵩山研究，谱写大爱于“天地之中”。三言“感恩”，彰显博大情怀。

【李孟武评】

“艰难困苦，玉汝于成”，作者吃过苦，痛彻心扉，但他从苦中站起，披荆斩棘，一路走来，立德立功立言。大爱嵩山，大爱如山，把知识的火种播撒乡梓，让感恩的美德润泽学子。

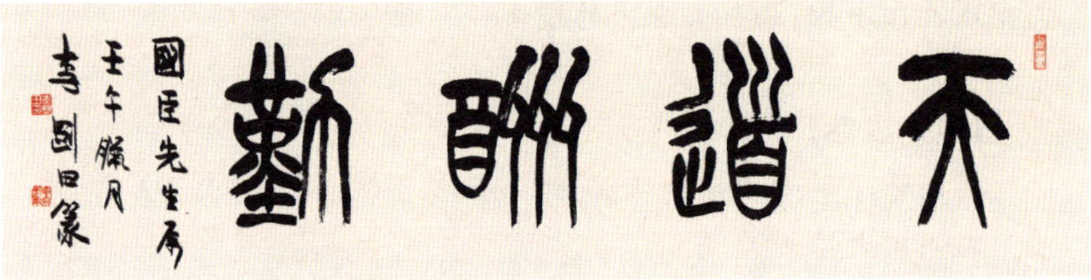

著名书法篆刻家李刚田赠张国臣《天道酬勤》

第三编

中原崛起看登封

由登封看中原经济区文化旅游发展战略

文化是根，文化是魂，文化是力，文化是效。推进文化改革发展，可以满足人民群众精神文化需求。登封位于中岳嵩山南麓，历史悠久，文化灿烂，人文景观与自然景观交相辉映。文化淬炼时代精神，文化凝聚奋斗力量。近年来，登封市紧紧围绕建设“国际文化旅游名城”的目标，坚持以文化旅游繁荣社会事业，以文化旅游驱动经济发展，促进了经济社会的跨越式发展。随着中原经济区建设上升为国家战略，加快中原经济区建设，实现中原崛起、河南振兴成为全省人民的共同心愿。考察登封文化旅游的发展历程，对于加快中原经济区文化旅游发展具有积极借鉴意义。

第一，以文兴旅的基本轨迹

登封是全国著名的“文物之乡”、“武术之乡”、“大禹文化之乡”，享有“中华文化圣山·世界功夫之都”的美誉，现存文物古迹1127处，其中国家级重点文物保护单位16处18项，省级22处，县(市)级172处，位居全国县(市)之首。登封“天地之中”历史建筑群在第34届世界遗产大会上被列入《世界文化遗产名录》，成为我国第39处、河南第3处世界文化遗产；少林武术驰名中外，是全球最大的武术教学研究和人才培训基地。中岳嵩山险峻壮美，是国家风景名胜区、国家森林公园、首批世界地质公园。依托得天独厚的文化旅游资源，促进和服务经济社会的快速发展，是改革开放以来登封历届党委、政府的不懈追求。

一、第一阶段（1979年以前），嵩山文化处于纯文物和自然状态，主要服务于政治活动和外事接待

（一）景点均未对外开放。新中国成立后，少林寺、中岳庙、嵩阳书院、嵩岳寺塔、观星台、汉三阙等先后被国务院和省政府公布为重点文物保护单位，进行了初步的修缮、维护和管理。但由于客观条件限制及政治运动的影响，其他多数文物景点尚未得到很好的保护，潜存于历史的尘封中。

（二）进行一些政治性接待。上个世纪六七十年代，先后配合省委、省政府接待了董必武、陈毅、李先念等党和国家领导人，接待了罗马尼亚、保加利亚等东欧社会主义国家领导人和其他国际友人。

（三）开展民间文化活动。登封各种传统庙会众多，解放后延续下来的仍有中岳庙、少林寺、法王寺等古刹庙会。这些庙会每年定期举行，进行民间文艺表演和各种物资交流，很受群众欢迎。庙会高峰期间，参会群众多达几十万人，对于文化、经济交流起到了一定的促进作用。

二、第二阶段（1979~1999年），抓住改革开放的历史机遇，以文化兴旅游，集中力量进行景区、景点开发建设

（一）一部《少林寺》电影揭开了登封旅游的大幕。1982年由张鑫炎执导的电影《少林寺》正式上映，全球100多个国家和地区观看了这部功夫巨作，仅国内观影人数就达5亿人次，在日本的票房收入超过了3000万人民币，这部电影让全世界认识到——武术真功夫在中国。而作为少林功夫的故乡——登封，也一夜之间从一个不为人知的贫困小县，第一次走出国门，走到了世人眼前。登封抓住这一千载难逢的历史机遇，于1984年提出了“以旅游业为突破口，全面振兴登封”的发展思路，将旅游业作为一个重要的经济增长点摆上了议事日程。

（二）确立“武术搭台、经贸唱戏”的发展策略。随着《少林寺》电影在全世界的成功热播，世界各地武术爱好者蜂拥而至，在登封由民间创办的各类武术院校也雨后春笋般破土而出，外来人口的增加，为登封的文化旅游业带来了无限机遇。为借助这一难得发展机遇，登封市确立了“武术搭台、经贸唱戏”的发展策略，于1988年与河南省旅游局举办了“首届国际少林武术表演邀请赛”，1991年由河南省人民政府和郑州市人民政府联合筹办了“第一届中国郑州国际少林武术节”，90年代连续举办了6届，受到世界各国的高度赞扬，国际少林武术节也随之成为改革开放之初宣传登封、展示登封、招商引资的重要平台，“武术搭台、经贸唱戏”的策略为登封经济社会发展注入了巨大活力。

（三）以少林寺为重点，大规模进行景区、景点建设。随着少林功夫风动四海，嵩山风景名胜区也由改革开放前的残垣断壁，逐渐成为一个国际旅游景区。1982年国务院正式批准嵩山风景名胜区为全国首批44个重点风景区之一，省、市、县各级政府及社会有关方面先后投资近3亿元，修复了少林寺、塔林，配套建设了少林武术馆和演武场，修通了太室山、少室山登山台阶、空中索道等。全市两大中心旅游区域太室山、少室山登山游览步道及旅游公路全线贯通，景区交通道路网络已基本形成，呈现出景区成片、景点连线、纵横贯通、上下循环的旅游交通网络。1999年接待国内外游客131万人次，先后有李先念、赵紫阳、杨尚昆、万里、乔石、李瑞环等党和国家领导人，以及泰国前副总理巴曼·阿滴列山、新加坡内阁资政李光耀、非洲28国驻华大使等众多国际政要名人来到嵩山。

三、第三阶段（2000年至今），将文化旅游产业作为登封未来的战略接续产业，加快推进登封产业结构调整

（一）确立发展文化旅游产业的战略目标。围绕建设“国际文化旅游名城”的目标，加快推进文化和旅游的融合发展，坚持以优势资源禀赋为基础，以一流文化园区为载体，以重大产业项目为带动，以骨干文化企业为支撑，以产城(乡)融合发展为途径，加快将文化旅游产业打造成登封的一个战略性支撑产业。具体是依托河南省登封文化改革发展试验区、河南省郑州登封嵩山文化产业示范园区、河南省特色服务业集聚区、河南省登封文化产业集聚区等四大省级文化产业园区平台，积极引进重大文化旅游投资项目，推动登封实现世界级文化旅游资源向世界级文化旅游产品转变，实现文化旅游景区向文化产业集聚区的转变。

(二) 基础设施日益完善。新世纪以来，累计投入景区基础设施建设资金18 亿元，先后修建旅游公路55公里、登山步道53公里、旅游停车场11个，进一步完善了景区旅游基础设施。其中，仅2003 年少林景区搬迁整建就投入资金4 亿元，拆迁居民、商户、企业、武校708家；2007年至2010年登封“天地之中”历史建筑群申报世界文化遗产环境整治工作投入资金7.9亿元，拆迁居民1374户，完成文物维修工程200余项，对1200余株古树名木进行了维护，进一步恢复了历史建筑群周边原有的历史环境风貌，2010年登封“天地之中”历史建筑群成功晋级《世界文化遗产名录》，成为我国第39项世界遗产。

(三) 景区品位不断提升。通过多年的投资建设，嵩山风景名胜区已建设成为涵盖少林景区(国家5A级景区)、嵩阳书院、中岳庙(国家4A级景区)以及116个景点(其中特级景点5个、一级景点9个、二级景点24个、三级景点36个、四级景点42个)的国家级风景名胜区，2001年被联合国教科文组织命名为世界首批地质公园。先后推出了考古游、登山游、地质游、宗教游、天文游、武术游、科普游、森林游、生态游、民俗游等特色旅游线路，使登封成为中国经典国际线路——“中华民族魂·黄河之旅”的重要节点城市，也是排在“长城之旅”之后的中国第二条重要旅游线路。2010年，全市文化产业增加值达到27.5亿元，旅游产业增加值38.5亿元，以文化旅游业为龙头的第三产业增加值完成70.2亿元，占全市GDP的22.6%。

第二，发展文化旅游经济的成功做法

近年来，登封紧紧围绕打造“中华文化圣山”、“世界功夫之都”的总体目标，适时抓住创建国家级文化产业示范园区、建设省级文化改革发展试验区、登封“天地之中”历史建筑群申报世界文化遗产的历史机遇，牢牢把握“吃、住、行、游、购、娱、安”七大要素，大力实施“文化兴旅”战略，实现了文化旅游产业的迅猛发展。

一、科学编制文化产业发展规划

为突出规划的科学性和引导力，登封市坚持以规划的超前性和兼容性来确保规划的权威性，兼顾景区、园区、城市、农村、一二三产等各个规划之间的衔接，先后聘请国内外多家高端策划机构，编制完成了《嵩山风景名胜区总体规划》、《郑州嵩山文化产业园区总体规划》等40余项规划，2010年重点编制完成了《登封市文化旅游发展中长期战略研究》等发展规划，从战略层面对登封文化旅游中长期发展进行定位，初步形成了以少林禅武文化产业园区、嵩阳国学文化产业园区、中岳民俗文化产业园区、古文明展示产业园区、文化加工产业园区、生态产业园区等六大文化产业园为支撑的文化旅游发展大格局。

二、积极打造文化产业发展引擎

坚持以一流园区吸引一流项目，在已有的河南省级登封文化改革发展试验区、河南省级嵩山文化产业示范园区和河南省级特色服务业集聚区等3家省级文化园区的基础上，坚持以创建国家级文化产业示范园区带动“大企业进驻、大资金投入、大项目落地”，先后与郑州市天人文化旅游有限责任公司等国内大型文化旅游产业投资集团合作，开发了《禅宗少林·音乐大典》等文化精品项目；

与香港中旅集团合资成立了港中旅（登封）嵩山少林文化旅游公司，共同经营开发嵩山自然文化旅游资源，确立了3年内合资公司上市的奋斗目标。“十二五”期间，共规划重大文化旅游项目150余项，投资额达1200亿元，其中，投资360亿元的“天地之中”文化旅游新城、投资150亿元的登封圣城历史风貌修复等超百亿元项目4个，投资50亿元的嵩山文化产业园区、投资40亿元的风情小镇与休闲村落建设等超10亿元项目6个，以此强力打造文化旅游产业发展引擎。

三、着力打造文化产业品牌

坚持依靠品牌壮大文化旅游产业。打造“功夫之都”品牌，整合全市近60所武术馆校资源，组建了三大武术产业集团，在全球100多个国家和地区设立武术分支机构，成为全球最大的武术人才培训、输出基地；围绕少林武术拍摄各类影视剧300部（集）以上。打造禅武演艺文化品牌，总投资3.5亿元开发的《禅宗少林·音乐大典》大型实景演出项目，填补了河南演艺空白，成为河南旅游业的一大亮点，2007年10月被命名为国家文化产业示范基地。打造节庆文化品牌，先后成功举办了七届“中国·郑州国际少林武术节”，两届“世界传统武术节”等重大活动，引起海内外广泛关注。打造世界文化遗产品牌，2007年以来，先后投入近8亿元对少林寺、中岳庙、观星台、嵩阳书院等8处11项国家级、省级文物保护单位进行环境整治和文物修缮，2010年，登封“天地之中”历史建筑群成功申报世界文化遗产名录，成为河南省第三处世界文化遗产。

四、全面开展嵩山文化研究和文化旅游宣传推介

在巩固传统旅游市场的基础上，登封积极实施培育新市场、拓展国际高端市场的战略，采取差异化、细分化市场的策略，精心策划了一批高质量的营销活动。在大型文化节会方面，近年来先后策划参加了八届国际少林武术节、两届世界传统武术节、连续13年的

著名女画家王绣题绘张国臣诗《嵩洛牡丹》

春节联欢晚会、2008年北京奥运会开幕式、2010年上海世博会开幕式、2010年驻华使节走进"天地之中"世界文化遗产等一系列大型文化活动。在高端文化论坛方面,策划举办了"少林问禅·百日峰会"、"祈福中华·论道中岳"、少林"机锋辩禅"论坛、少林文化复兴研讨会等国际研讨活动,目前正在积极打造"南有博鳌、北有嵩山"的嵩山国际软实力论坛,强力扩张嵩山文化的国际影响力。在市场营销方面,少林寺在国外已设立6个分院,相关传播机构已达10多个;与国家汉办孔子学院联合开展少林武术研修工作,为全球84个国家的282所孔子学院输送少林功夫教习人才,努力打造中国"走出去"战略的第一品牌。

五、积极推进文化旅游体制改革

坚持深化改革与加强管理相统一,彻底打破景区条块分割、多头管理、各自为政的局面,借助成功申报世界文化遗产的契机,成立登封市世界文化遗产管理中心,统一负责世界文化遗产的保护管理工作,不断理顺文化旅游发展机制。创新文化旅游经营机制,引进战略合作者,嵩山少林旅游集团与央企香港中旅集团共同合资成立港中旅(登封)嵩山少林旅游集团公司,负责对嵩山文化旅游资源进行整体性开发,极大地提升了嵩山文化旅游的开发经营水平。创新投融资机制,积极促进文化企业与金融部门的衔接合作,注册成立登封市文化旅游投资公司,为登封中小文化旅游投资项目搭建融资平台,拓宽融资渠道。创新政策扶持机制,专门制定了《登封市文化旅游产业发展扶持政策》,市财政每年拿出3000万至5000万元资金作为文化旅游的引导资金,鼓励和扶持民间资本投资重大文化旅游项目,进一步增强了文化旅游发展活力。

第三,以文化旅游促进经济社会又好又快发展

文化既是推动社会发展的重要手段,又是社会文明进步的重要目标;既是凝聚人心的精神纽带,又是民生幸福的关键内容;既

直接贡献于经济增长，又对提升经济发展质量发挥着重要作用。近年来，登封紧紧依托深厚的嵩山文化，坚持以文化旅游繁荣社会事业，以文化旅游驱动经济发展，促进了登封经济社会又好又快发展。

一、坚持更新观念，促进了全市干部群众的思想解放

登封的文化旅游产业经过上世纪80年代的起步，90年代的发展，本世纪初的做大，已经完成了由量变到质变的积累过程。面对新形势，登封的发展策略也随之发生了升级变化：

（一）打破了传统的经济发展定式。发展经济不再是“工业、经济一言堂”，而是“工业、文化两台柱”，确立了“挖一锨煤是经济，唱一个段子也是经济”的思路，改变了登封人只会投资几千万打一个煤窑筒，不会投资几百万上一个文化旅游项目的传统。

（二）改变了传统的招商引资理念。招商引资不再是“文化搭台，经贸唱戏”，而是“文化旅游资源搭台，文化旅游产业唱戏”，文化旅游不再仅仅是赚取地方知名度、提升美誉度的一个平台，而是成为一个新兴的产业力量，从“经济配角”变成了“产业主角”，成为招商引资的主领域。

（三）升级了传统文化旅游发展策略。发展文化旅游不单单是“招揽游客”，更是已发展至“文化外销”；不仅仅是吸引游客“走进来”，更是要使登封的文化旅游产品“走出去”，从过去的“卖景点”、“卖门票”升级到将来的“卖文化产品”、“卖创意服务”，登封的目光已不仅仅停留在“600万游客”，而已经开始放眼更广更大的国际国内“两个市场”。

二、坚持“大产业”发展理念，推动了三产一体化发展

文化旅游产业是兼容经济发展和社会进步的复合型产业，关联度强，产业链长，与其他产业融合度高，是可以担当起建设资源节约型、环境友好型社会重任的大产业。强化旅游与国民经济各部门、各行业的渗透融合和社会各领域的互动,可以缓解和突破工业化造成的资源环境约束,促进产业结构调整和经济转型。在具体的发展中,登封市充分发挥文化旅游产业在新的产业格局中的核心引领作用,实施“推一转二升三”的一体化发展战略,推动一产发展,推进二产转型,促进三产升级。

(一)着力推进文化旅游产业与农业相结合。积极打造现代观光农业和民俗文化游产业链,全面推进国际旅游风情小镇建设,着力将民俗文化变成特色体验,将新农村变成养生园,将农家生活变成农家乐,将农产品变成土特产,推动一产增效。目前,登封市已发展河南省级龙头企业2家,郑州市级龙头企业27家,各类农业合作社总数达到74个,带动农户5.6万户,先后创出了“少林寺素饼”、“少林禅果”、“嵩山三和饼”、“嵩山芥片”、“小苍娃”农副产品、“三楂红”保健酒、“嵩山绿”蔬菜等20多个特色农产品品牌,其中5个获得了“河南省名优农产品”称号,成为独具特色的旅游纪念品。同时,通过挖掘各景区近郊农家休闲度假旅游的潜力,已初步形成了太室山近郊、少室山近郊、三皇寨近郊、白沙湖等多个农家乐集聚区,促进了景区农民增收致富。

(二)着力推进文化旅游产业与工业相结合。积极打造旅游纪念品、功夫装备制造产业链,初步形成了旅游纪念品、功夫装备制造、特色医药等设计、加工、展览、销售链条化,促进了二产转型。先后开发了少林宝剑、珍珠地陶瓷、嵩山国画石、嵩山刺绣、嵩山木版年画等一大批独具特色的旅游纪念品,受到国内外游客的喜爱和欢迎。2010年,全市旅游纪念品企业实现销售收入1.4亿元。

(三)着力推进文化旅游产业与房地产、商贸、饮食等第三产业相结合。积极打造文化地产、商务会馆、休闲购物、武术演艺、特色餐饮、文化养生、数字娱乐等产业链,带动了三产升级。大力发展特色教育产业,积极筹建了登封新区产业教育培训基地、旅游新城武术教育培训基地、南城区汉语推广基地等三大特色教育培训基地，特别是在武术教育方面，组建塔沟、鹅坡、小龙三大武术教育集团，拥有各类武校58所，在校海内外武术学员6万余人，在全球100多个国家和地区设立武术馆校、协会等分支机构，2009年，登封市武术产业产值达到18.3亿元；大力发展酒店服务业，现有星级酒店9家（其中五星级1家，四星级2家，三星级3家，2星级3家），规模酒店和快捷酒店21家；大力推动新闻出版业发展，以国有登封嵩山少林文化传媒公司为主，主要经营少林寺海内外宣传发行、少林欢喜地、少林药局、少林书局等产品，2009年全市文化传媒、新闻出版等文化产业实现收入5.6亿元。

三、坚持"产城（乡）融合"发展理念，加快了城乡一体化进程

坚持以产业布局为基础，全面调整城乡发展布局，促进"产城（乡）融合"发展，走出了一条以三次产业一体化推动城乡发展一体化的城乡融合发展的新路子。

（一）以文化旅游推动城市实现特色化发展，加快推进"一城三区"建设。紧紧围绕建设"国际文化旅游名城"的目标，结合登封城区与景区紧密相连的特点，积极推进登封城区与嵩山文化产业园区、嵩山风景名胜区的融合式发展，将城区作为文化旅游产业的现代服务功能承载区，将文化旅游服务作为城区的主导性产业，建设具有"天地之中"特色的文化城市，承载国际文化旅游名城的使命和功能。加快改造提升"中心城区"，着力实施老城区历史风貌保护与修复工程，逐步恢复嵩山文化圣山与登封文化圣城"两位一体"的发展格局。强力推进建设"登封新区"，按照"四集一转"的发展思路，在30平方公里的范围内，加快推进中岳文化苑、产业集聚区与登封新区三大版块的融合式发展。科学规划开发"旅游新城"，重点推进总投资360亿元的"天地之中"旅游新城项目，在18平方公里的范围内，规划建设文化产业和旅游服务集聚区，使其成为"中原经

禅光播惠

济区的休闲度假中心”和“全省文化旅游核心区集散中心”。

（二）以工业经济推动城镇实现规模化发展,加快推进“四个组团”建设。将工业园区作为城镇集聚项目、集聚资金、集聚人口等发展要素的重要载体，将城镇作为向园区提供各种发展服务的重要组合,全面推进“一区多园”与“四个组团”融合式发展。依托登封市产业集聚区,将卢店镇和唐庄乡建设成为物流和商贸型组团;依托大冶工业园,全面改造提升电力、磨料磨具、超硬材料等传统产业,将其打造成为登封市的工业重镇;依托阳城工业区,进一步拉伸铝业精深加工及磨料磨具产业链条，将告成镇和阳城工业区打造成为“天中名镇”;依托登封市循环经济工业园、三里庄高新技术产业园和文化产业加工园区,加快改造提升“煤—电—铝—建材”循环经济产业链条，将大金店镇和东华镇打造成民俗文化休闲和循环经济示范镇。

（三）以现代农业推动新农村实现集约化发展,加快推进“七个特色镇”建设。按照“以园区聚企业、以企业带农户”的主导方针,充分发挥登封市现有的10大现代农业特色经济园区和32个农产品基地的作用,大力发展各类特色种养殖及农产品加工龙头企业,就近吸纳安置当地农民就业,带动农民向条件好、产业发展好的优势村聚合;并依据产业布局因势利导开展撤并小型村、缩减自然村、迁移高山村等工作,逐步分类推进示范村、整治村、一般村、贫困村等建设,逐步建成了一批经济发展好、设施功能全、居住环境优美的中心村和新型宜居社区,宣化、徐庄、颍阳等7个特色镇正加速形成。

四、坚持“大招商,招大商”理念,提升了全市综合经济实力

近年来,登封市委、市政府依托得天独厚的矿产资源优势和无与伦比的文化旅游资源优势,紧紧围绕打造“资金流向洼地、产业聚集高地、社会消费热地”的目标,先后荣获了国家卫生城市、中国优秀旅游城市、创建全国文明城市工作先进城市、全国社会治安综合治理先进集体、国家园林城市、全国绿化模范先进县(市)、中国县域旅游品牌百强县(市)、河南省人居环境奖、河南省文化改革发展试验区等荣誉称号,登封的对外知名度显著提升,招商引资环境进一步优化。先后引进了香港华润、法国圣戈班、国投集团、郑煤集团、永煤集团、香港中旅集团、山东六和集团、中凯集团等一批国内外500强企业和知名企业入驻,有力地促进了全市经济社会又好又快发展。2010年,全市生产总值完成300亿元,同比增长14.7%;地方财政一般预算收入16.9亿元,同比增长14.4%;全社会固定资产投资213亿元, 同比增长15%; 社会消费品零售总额83亿元, 同比增长16%;城镇居民人均可支配收入15162元,同比增长9%;农民人均纯收入7850元,同比增长10%。在第十一届全国县域经济基本竞争力评价中,登封市位居第63位。

第四,由登封看中原经济区文化旅游发展战略

一个民族,只有文化体现出比物质和资本更强大的力量,才能造就更大的文明进步; 一个国家, 只有经济发展体现出文化的品格,才能进入更高的发展阶段。泱泱中华,五千年文明的薪火相传,铸就了源远流长的文化传统, 留下了饱蕴思想精髓和价值追求的灿烂遗产。

2011年9月29日,国务院下发了《关于支持河南省加快建设中原经济区的指导意见》,强调要积极推进具有中原特质的文化大发展大繁荣,弘扬兼容并蓄、刚柔相济、革故鼎新、生生不息的中原文化,增强文化软实力。2011年10月18日,中共十七届六中全会审议通过了《中共中央关于深化文化体制改革、推动社会主义文化大发展大繁荣若干重大问题的决定》,强调要坚持中国特色社会主义文化发展道路,努力建设社会主义文化强国。在新的形势下,如何弘扬中原大文化,打造昂扬向上的中原人文精神,为中原经济区建设

提供强大精神动力和智力支持，成为摆在我们面前的重要课题。

当前，文化旅游是世界上公认的新兴“朝阳产业”，具有资源丰富、市场前景广阔、产业关联度高、就业容量大、创汇能力强等特点，日益受到世界各国的高度重视。欧美及东北亚、东南亚的一些国家纷纷提出“文化立国”、“旅游立国”的发展战略，特别是进入21世纪以来，文化旅游产业已经成为全球经济体系中增长最快的经济板块，是世界上最具发展潜力的产业之一。“十二五”期间，我国的经济发展将要完成转变经济发展方式、加快产业结构调整的重大战略任务。从国内外的发展实践来看，加快推进文化和旅游的融合式发展，是引领产业结构实现转型发展的重要手段。

困难与挑战成就嵩山文化砥砺向前的茁壮身影，收获了弥足珍贵的经验。在河南文化旅游产业的发展进程中，登封先行一步，发挥了以点带面、开路先锋的作用。随着中原经济区上升为国家战略，登封实施“文化旅游立市”战略，促进经济社会又好又快发展的成功经验，对于加强中原经济区文化旅游建设，实现全省文化旅游经济的跨越式发展，加快中原崛起、河南振兴，具有积极的借鉴意义。应突出抓好以下四个方面：

一、建议将河南打造成“华夏文明的核心传承区”

文化是一个国家的精神旗帜。历史和现实表明，一个民族的觉醒，首先是文化上的觉醒；一个政党的力量，很大程度上取决于文化的自觉。同样地，中原经济区建设也离不开文化的崛起。

《史记·封禅书》记载：“昔三代之居，皆在河洛之间。故嵩高为中岳，而四岳各如其方。”从先秦至秦、汉、唐、宋时期，中原地区一直是中国的政治、经济和文化中心。而历史发展至明清，随着中原的长期战乱和传统中原文化地位的丧失，中国的政治、文化中心开始迁离中原，随之中原的经济中心地位开始衰落。尤其至近代，河南甚至成为国人眼中“经济落后”、“文化没落”的代名词，河南人在国人面前的形象也大打折扣。勃兴于文化，衰落于文化，这正是中原文明的历史写照。这也进一步说明：经济始终是与文化相伴的文明因子，二者互为依托，互为促进。要实现中原经济区的战略崛起，就必须在实现中华文明伟大复兴的大潮流下，重建中原文明史观，以中原文化的复兴助推中原经济区建设。诚如世界有言：看中国两千年历史在西安，一千年历史在北京，一百年历史在上海。然而，华夏五千年的历史不拘于一城，却聚于中原。中原文化与巴蜀、潇湘等其他地域文化有着本质区别，几千年来中原文化一直是中华文化的主流和主要生成部分，类似于两河文明的古巴比伦文化、埃及文明中的古孟菲斯文化、地中海文明中的古希腊文化，都具有重大的世界意义和文化优势。对比世界其他文明古国的“天地之中”的概念，如希腊的迪尔斐(古希腊神话中的宇宙中心)，埃及古都孟菲斯(古埃及历史最长的古都，也是古埃及神话的世界中心)，中原文化的“天地之中”概念是由三代的古“中国”概念加以衍化，进而扩张为整个国家的名称。相较于希腊和埃及“天中”概念随神话的衰落而消亡，中国这一国家名称本身便是中原文化的辐射扩张与历史延续，这是实施“中原”区域品牌战略的一个巨大优势所在，也是世界上唯一一个还存活和沿用的“世界中心”概念。发挥这一独特文化优势，对于中原经济区建设具有重要意义。

因此，在中原经济区建设进程中，必须致力于将河南打造成华夏文明的核心承载区，努力构建与中原复兴要求相适应的“新文化”。这种“新文化”不仅包括与社会主义核心价值体系相对应的先进文化，与社会主义市场经济相适应的现代文化，而且还应包括与社会主义和谐社会相适应的和谐文化，与全球化相对应的民族文化。以上这些“新文化”类型均能在传统的中原文化中找到其历史根据，如中原文明中包含着“开创性”，“河出图，洛出书，圣人则之”，以及“中国”一词源于中原等；中原文明中包含的“和谐性”，突出表现为宇宙观上的天人合一、人生观上的中庸和合、审美观上的美善相乐等等;中原文明包含“和平性”,墨子的“兼爱”、“非攻”等思想至今都拥有世界性意义。能不能通过文化现代化,对中原文明进行再阐释、再发展,实现传统文化的“创造性转换”,对于河南的战略性崛起至关重要。而打造华夏文明核心承载区的关键就在于,通过产业经济和社会发展来再现传统文化的再生和价值,这不仅是复兴中原文化的关键,同样也是中原经济区建设的关键所在。

二、建议河南旅游业实施“区域品牌共享发展战略”

河南是文物大省,地下文物全国第一,地上文物全国第二。全省现已查明的各类文物点约3万处,其中,有3处世界文化遗产——登封“天地之中”历史建筑群、洛阳龙门石窟、安阳殷墟,97处全国重点文物保护单位,666处省级文物保护单位,约4000处县级文物保护单位。全国八大古都,我省有其四,全省有8座全国历史文化名城,21座省级历史文化名城。全省国有文物收藏单位收藏的各类文物藏品约130万件,占全国总数的1/8。这些丰富的文化旅游资源极大地推动了全省旅游业的发展。据统计,2011年上半年全省共接待海内外游客1.53亿人次,实现旅游总收入1386.36亿元,同比分别增长15.03%和19.6%;全省旅游经济增长速度高于全国增长速度1.6个百分点,高于全省GDP增长速度8.4个百分点,这充分说明旅游业对于推动中原经济区建设具有重要意义。实现地区整体发展,除了要从产业结构、空间结构加以思考外,还要特别注重发挥区域文化的潜在力量,构建有地方特色的区域文化网络。在此,建议我省的旅游业发展应突出重点,选准关键点,实施区域品牌共享战略。河南旅游应着重立足于“中”的文化优势,由郑州、洛阳、开封、安阳等四大历史古都实施旅游联合发展策略,在国内和世界范围内打造中原的区域文化共享品牌,从而凸显与周边的北京、西安、武汉、黄山、上海等旅游强市不同的旅游内涵,明确中华文化之源的历史定

山连千岭无际自高

位，彰显华夏五千年文明史，共同构筑成为中国古文明核心区域，使中原文化不单在学术层面是中华文明的代表，而要在现实发展中亦成为中华文明的核心代表。同时，按照“区域共享”的发展思路，以“四个古都”的核心资源优势实现更大范围的产业集群外延拓展，共同打造中原旅游圈，形成共享历史文明、共享发展品牌、共享旅游客源，形成集群发展优势，推动河南旅游整体提档升级。

三、建议设立“河南省登封文化生态特区”

这是基于登封在河南文化旅游发展中的特殊地位所提出的，对于推动河南由“文化大省”向“文化强省”转变具有重要意义。

（一）登封在华夏文明中处于核心位置。文化是民族的血脉，是人民的精神家园。中华文化根在河南，源在嵩洛，核心概念是“中”。登封之所以被誉为“天地之中”，正是源于嵩山位居华夏文明核心区的历史位置。正如先秦圣贤所言：“统御四方，莫若地中”，中心学说在华夏文明中具有极其重要的地位。古籍《山海经》、《诗经》中均有关于嵩山“上达于天极，下居于地中”，以至“通神灵”的记述，恰恰得益于“天地之中”的位置，使得从华夏早期起，嵩山地区就成为史前文化最为发达的地区之一，集聚了裴李岗、大河村、仰韶等早期文化形态；嵩山是远古神话的策源地，盘古开天、女娲补天、龙马负图、神龟负书等众多神话至今流传于嵩山，使得嵩山和希腊的奥林匹斯山一样具有崇高的文化地位；嵩山是人文始祖黄帝活动的中心，黄帝诞生于嵩山脚下的轩辕丘，并建都于嵩山、发展于嵩山、壮大于嵩山；嵩山是河洛文化的诞生地，中国文化的源头“河图”、“洛书”分别出自于嵩山脚下的黄河河汭与洛水。正是由于以上因素，使得嵩山地区成为古华夏文明象征中心王权的国都最为集中之地，成为夏商周三代的建都之地，才在几千年历史的绵延当中在嵩山地区集聚了众多的历史遗迹，才有了以登封“天地之中”历史建筑群世界文化遗产为代表的众多古文明的存在，并集天文、地质、封禅、山岳、大禹、女皇、武术、宗教、建筑、民俗等各类文化形态于一身，仅嵩山核心区域在登封境内就现存国家级文物保护单位16处18项，占整个“五岳”28处国家级文物保护单位总量的58%，文化资源之丰富，可以说是“五岳独尊”、“海内第一”，是名副其实的“文物之乡”和“文化圣山”。

（二）登封在中国及河南旅游中处于重要位置。登封拥有“天地之中”历史建筑群世界文化遗产、嵩山世界地质公园、少林功夫三项世界级文化旅游资源品牌，中岳嵩山险峻壮美，是国家风景名胜区、国家森林公园，拥有1个5A级景区、2个4A级景区，不仅在全省首屈一指，而且在国内也十分罕见。尤其是少林寺，更成为几乎每个到访中国的海外游客必至的景点，成为河南旅游业的象征，从而使得登封成为中国经典国际线路，也是排在“长城之旅”之后的中国第二条重要旅游线路——“中华民族魂·黄河之旅”的重要节点城市。

（三）登封在河南文化产业中处于引领位置。近年来，登封文化旅游产业发展迅猛，在全省扮演了“领头羊”的角色，仅在文化产业园区方面，就拥有河南省登封文化改革发展试验区、河南省郑州嵩山文化产业示范园区、河南省特色服务业集聚区、河南省文化旅游产业集聚区等4家省级文化旅游发展基地，在全省文化旅游产业发展中发挥着举足轻重的作用。其中，尤以武术教育产业发展最为迅猛，登封现有武术馆校52所，在校学生6万余人，已经成为全球最大的武术教学研究和人才培训基地。同时，文化产业园区发展迅猛，嵩山文化产业示范园区规划面积120平方公里，目前嵩山文化产业园正在积极创建国家级文化产业示范园区，园区现已入驻规模以上文化企业42家，2010年园区企业总收入达45亿元，在全省各文化产业园区中都首屈一指。园区最终全部建成后预计年产值将达到300亿元，利税不低于35亿元。“十二五”期间，登封更是规划了150

余项重大文化旅游项目,投资额达1200亿元,在全省文化产业发展中发挥了不可替代的领军作用。

因此,建议将登封设立为“河南省登封文化生态特区”,在体制上可以借鉴山东曲阜、四川乐山——峨眉等文化特区经验和省辖市经验,从而更好地发挥登封在中原经济区打造“华夏文明核心承载区”、“旅游强省”、“文化强省”等战略中的核心引领作用,加快实现中原文化和经济的“双重战略崛起”。

四、建议河南文化产业与陕西、山东实施联合发展,共同实施“华夏文明中线复兴工程”

国务院《关于支持河南省加快建设中原经济区的指导意见》指出,推进与毗邻地区在基础设施、信息平台、旅游开发、生态保护等重点领域的合作,促进区域联动发展。目前,文化部共命名了三批六个国家级文化产业示范园区,其中西安曲江新区、开封宋都古城、山东曲阜新区三个国家级文化产业示范园区均位于黄河流域,处于华夏历史文明的核心地带,这不仅是文化产业发展的巧合,更是华夏文明复兴的一次彰显。鉴于目前国内各地区和城市历史传承不足,尚没有一个城市能够表现华夏文明特征的地带,建议河南立足“中”文化,联合陕西、山东两个文化强省,由陕西西安、山东曲阜、河南开封和登封共同组成“华夏文明中线复兴带”,依托西安曲江新区、开封宋都古城、山东曲阜新区3个国家级文化产业示范园区,实施“大文化、大产业、大复兴”发展策略,通过设计具有华夏文化特征的交通线路,统一规划沿线城镇,着力打造华夏文明走廊,连接起华夏历史的各个城市散落点,使每一个到此的海外华人和中国人都能在一个纯粹的文明隧道,深切感受华夏文明的千年沧桑,回归文明的精神故里,凭吊古今时空变换;同时,文明走廊沿线也将成为带动三个文化大省的文化产业新动脉。具体实施中,可充分借助开封国家文化产业示范园区、河南省登封文化生态特区以及8个河南省级文化改革发展试验区、6家河南省级文化产业示范园区、10家河南省级特色服务业集聚区和多家河南省文化旅游产业集聚区,以文化资源为依托,以结构调整为主线,以产业布局为路径,以改革发展为动力,以投融资机制创新为关键,以文化产业扶持政策为保障,统筹规划,力求特色,重点突破,加快文化旅游产业和事业的改革,从而推动全省文化产业实现大发展、大跨越,促进中原经济区实现战略性崛起。

(该文是作者2011年10月考察登封经济社会文化发展的研究报告)

【吴元成评】

文化软实力一旦和经济结合,其效益不可估量。中原经济区建设刚刚上升为国家战略,如此文章有理有据有价值。

【杨万林评】

有眼光,就有大前景;有胸襟,就有大谋略;拳拳赤子之心,绘就鸿篇巨制。作者心系家乡,胸怀中原,精心勾勒大中原经济区文化旅游建设蓝图,惠及当代,泽被后世。

河南省篆刻委员会副主任周斌刻《中原崛起看登封》

后 记

嵩山吐翠 翰墨流香

天地之中，有嵩山焉。

诗曰："嵩高惟岳，峻极于天。"嵩山之古，称祖诸山；嵩山之奥，源远流长；嵩山之魂，震烁古今。

张国臣先生生于嵩山，长于嵩山。"天行健，君子当自强不息；地势坤，君子以厚德载物。"他究天人之际，通古今之变，而成嵩山文化学；察文化之根，品山水之美，乃有《嵩山散文三十篇》。张国臣的这本《嵩山散文三十篇》，描绘的是嵩山的峻极神秀，演绎的是五千年的璀璨文明，歌颂的是祖国的大好河山，抒发的是嵩山赤子的空灵心志，堪称中原文化和中原文学的新收获！披阅《嵩山散文三十篇》，犹如随作者一起攀登于峻峰之上，漫步于峡谷之间，醉心于人文之中，美景与遐思共存，感动与感悟同收，品读再三，爱不释手。在悉心研读之后，我认为本书有以下几大突出特点：

一、鲜明的思想性。新时期以来，中国散文百花齐放，大家迭出，风格多样。在某种意义上，这也增大了散文写作的难度。散文难写，难在于司空见惯的生活场景中发现与表达出超出常人的哲理和智慧，难在如何将深刻的哲理和深奥的智慧用看似平白、实则触动灵魂的话语说出来。文以载道，这个“道”，是大道，是正道，是“非常道”，是思想之路、探索之旅。张国臣的散文以历史和唯物的视角，从不同的侧面进入，不仅发掘出嵩山之美，还能看出别人看不到的更多层次、更多哲理。他站在“天地之中”这一独特人文地理的位置，体察嵩山以及嵩山所在的中原地区在新时代的苏醒、更生、发展与进步。《天人和谐法王寺》等许多篇章可以说都是启人心智的哲文。与女儿的通信《做劲翔嵩岳太空的雄鹰》，不仅以自己的成长经历去教育孩子，文中所充溢的自强不息、厚德载物的哲思，对我们的后代、对每一个人，都是具有重要的启示意义的。《学习嵩山，感恩嵩山》揭示了艰难困苦玉汝于成的深刻道理，更是三言“感恩”，彰显大爱，处处可见做人与济世之道。

二、深厚的文化性。文化是根，文化是魂。嵩山作为五岳之一，不仅秀甲天下，更是一座伟大的文化圣山。文化淬炼时代精神，文化凝聚奋进力量。张国臣先生热爱祖国，醉心于嵩山山水，更沉迷于嵩山文化。诚如他自己所言：“漫步嵩山，考察少林，常使人沉醉其中。这是嵩山的魅力，更是文化的影响。”一定意义上讲，《嵩山散文三十篇》就是对嵩山文化的整体梳理。尤其是其中的《神奥嵩山》一文，系统地研究了嵩山文化的基本特点和发展规律，成为探求中原文化一个新的突破口。在构建嵩山文化这一宏大工程中，张国臣的笔墨涉及禅宗、道教、儒教、天文、地理、建筑、武术、医药、经济等多个领域，条理清晰，有理有据，展示了一个文化学者的深厚素养和独到的学术眼光。

三、高超的艺术性。散文的写作，有自身的规律，诸如形散神不散，以及表达的随意与形式的自由等等。这些要求，看起来不难，但真正达到这样的境界是不容易的。嵩山在亿万年的演变中，孕育了自己不同于其他名山的自然之美、人文之丰，历代文人墨客多有佳作，在这样的地方，要写出具有新意、不同凡俗的作品，若无非凡的见识和高于常人的写作功力，是万难做到的。张国臣正是凭着作为嵩山之子的执著与坚韧，多年来把深情的步履印满嵩山的每个皱褶、每处风景，熟悉这里的一山一水、一草一木，加上特有的领悟能力，才发现了许多常人发现不了的嵩山的神奥之处。这是他通过自己的灵魂，看到——不，找到的，属于他自己的嵩山。看他的《嵩山赋》吧，文白互见，语言凝练，思虑深邃，大气磅礴，既有汉赋的文采，又有唐宋大家的胸襟。《嵩山，泉水丁冬》深得“不散”之法，重细节，恰似一幅工笔画；荡开去，有传说，有人物，使所状之物有了一种特别的厚重感。更难得的是，作者由一处山泉而上天入地，贯穿古今，思接千里，获得了一种不可遏止的奋斗力量。语言重推敲之功，结构有匠心之妙，诚美文也。

四、科学的规律性。张国臣不仅是一个学者、博士，更是一位优秀公务员、策划家，他关于嵩山的研究，绝不是一味地钻在故纸堆里、停留在书斋里的，而是要通过对嵩山文化的研究，找出科学性的、规律性的东西，为时代服务，为人民服务，为当下的经济文化发展服务。在他的笔下，从嵩山的地质演变，到宗教的融汇，到武术与禅宗的结合，无不验证着与时俱进和科学发展的真理。《与时俱进看少林》以精到之笔，阐发“时光流动，社会前进，时代呼唤新的禅理”；《中岳〈庙会图〉，商品经济发展的备忘录》，论及宗教流变与世俗生活的交融，发前人未发之语；《中原崛起看登封》之《由登封看中原经济区文化旅游发展战略》，站位高远，由点及面，谋划精准，是对中原经济区建设和华夏历史文明传承创新区建设快速而积极的响应，为中原文化大发展大繁荣建言献策。

五、突出的创新性。文无定法，创新乃成。本书的创新性，体现在以下几个方面：一是体裁的创新。本书集学术散文、哲理散文、纪事散文、书信散文等于一体，诸体兼备，各显风采。特别值得称道的是，作者打破了一些文人在散文写作上的局限，自觉地用散文的笔法来写学术和理论文章，这对散文的表达领域是一种扩展，对学术、理论文章是一种创新。二是题材的创新，嵩山红叶、少林佛塔、嵩阳书声等，凡嵩山风物、风景、风情皆入文中，篇篇可品。三是写作手法的创新，重构了散文写作框架。《登峻极兮小天下》、《静地松风会善寺》等夹叙夹议，有景有趣有情有思；《汉风流韵少室阙》、《天下功夫出少林》等篇章具有史论、文论特色，是对“文无定法”的最高诠释，是对散文理念和写法手法的一种大解放。

六、显著的纪实性。张国臣先生这部散文集的魅力，除上述几点之外，还在于它的纪实性。统观这些散文，都是“非虚构写作”：无论是第一编“天地之中定登封”中以史实为切口的文化散文，还是第二编“嵩山秋叶别样红”中以状景、叙事为特色的美文，无一不是纪实。史是信史，景是实景，人是真人，事是实事，情是真情。涉及文物、典故、史实的，更是无一处没出处，无一出不可考。所以，我要说，这部散文集是可以既当美文去品，又可当史料去读的。尤其是《嵩山的流泉》一文，那是他的生命之泉、命运之流的真实记录。艰苦的少年岁月，艰难的求学经历，与命运的顽强抗争，一往无前的进取精神……作者非凡的人生经历和卓越的心路历程，谁读了不为之动容、不涕泪满襟！再看本书的第三编“中原崛起看登封”。作为一篇题为《由登封看中原经济区文化旅游发展战略》的长篇散文，其中的资料、数据、观点，更是作者长期调查研究的结晶，具有极强的科学性、资料性，怎一个“实”字了得！它不仅通篇体现了“实”的精神，而且是由于建立在深入调查研究的基础上，文章由大量真实生动的事例做支撑，有理有据，是现实生活的记录，把一篇本来可能是枯燥的报告,写成了既有深刻见解,又夹叙夹议,生动有趣的长篇散文,这真是个了不起的功夫!

上述这一切,都在张国臣先生的这本散文集里得到充分体现。这位嵩山赤子正用自己的心灵传达嵩山的话语。打开这本书,慢慢地读,细细地听,听张国臣,听嵩山说的这些智慧、深邃却朴实的话语。如果读懂了、听懂了,你将受益无穷!

嵩山吐翠,翰墨流香。《嵩山散文三十篇》,是一泓从神奥嵩山汩汩流出的诗一样的清泉啊,是从"天地之中"沛然升起的思想的彩虹啊,让我们细细地品读,让我们崇敬地仰望,之后,让我们一起走向嵩山,走向我们的心灵故乡……

张鲜明

2012 年 3 月 18 日于郑州

(作者为《河南日报》高级记者,著名诗人、作家)

Postscript

Songshan Spread Jade Green; Words and Ink Flow Fragrance

In the middle of heaven and earth stands Songshan Mountain.

Ancient poem says "Only Songyue can boast on their extreme hight, for they rockets right into sky." Originally, Songshan Mountain was called Zuzhu Mountain. The mystery of Songshan runs with history; the spirit of Songshan shines through the ancient and the modern.

Mr. Zhang Guochen was born and raised in Songshan. Ancient Chinese classic, "The Book of Change" says "Just as the heaven maintains persist through the vigorous movements, a righteous man should constantly strive for self-perfection. Just as the earth compasses all of his creations, a righteous holds have a broad mind and a kind heart." Guochen studies humanity in the context of historical events and changes, therefore establishes an independent school of thoughts on Songshan culture. He observes cultural roots, embraces the beauty of nature, and composes "30 Prose Works of Songshan". This book depicts the steepness, greatness, elegance and gracefulness of Songshan through the analysis of Chinese mystical 5000 years' civilization, the portrayal of the beauty of his beloved motherland, and the articulation of his ambition as the son of Songshan. This book well deserves to be called "the new cultural and literary achievement of Central Plain of China"! Reading "30 Prose Works of Songshan" is just like following the writer's hike on the steep mountains, strolling between valleys, and being immersed in humanity and cultural atmosphere. I truly feel both visually and spiritually satisfied, for this collection is very much thought-provoking while sentimentally touching. As I have read it more times, I am so mesmerized that I cannot bring myself to put the book down. After a thorough study of this collection, I found the following uniqueness of this book:

First of all, the book has distinctive ideological features. Ever since 1976, during the so called New Period of Chinese literature, Chinese prose works are so prosperous and blooms like spring flowers. Great writers with various styles emerged from this period. Not surprisingly, in some sense, such prosperity phenomenon increases the difficulty of prose writing. The difficulty lies in the sense that the prose writer has to discover and reveal the usually undiscovered wisdom and wittiness that hidden in the commonly seen life settings. It also lies in the skill that the prose writer has to utter these deep and complicated philosophies by seemingly plain but actually touching words. Just as "Literature conveys morality", the "morality" denotes to the great philosophy of life, the righteousness of living, and thus becomes the "guidelines" of life, the path of thinking and discovery. Zhang Guochen's prose takes an unusual historical and materialism approach that not only explores the beauty of Songshan, but also unearth much more, into the meaning of life. He stands in such a special cultural and geographical literary point of view, i.e. "the Center of Heaven and Earth", experiences and observes the wakening, growing, developing and progressing of Songshan and the Central Plain where Songshan locates in the modern age. Lots of works in this book, such as "Fawang Temple, the Harmony of Heaven and Humanity" are all thought-provoking essays that have sudden awakening effects. Also, "Be an Eagle that Soaring against the Sky of Songshan" is a collection of letters between him and his daughter, which reflects his thoughts on how to educate children through his own experience. The full-filled spirits of perseverance, self-improvement, and pursuit of great virtue in it are also cherishable inspiration for us and our children. "To learn Songshan, and to Feel Songshan" unveils the touching idea that hardship and difficulties are the best way to cultivate oneself. In addition, this essay suffices with "gratefulness", which proclaims "great love", and the importance of helping others.

Secondly, the book has profound cultural features. Culture is the root; culture is the spirit. As one of the Five Great Mountains of China, Songshan not only possesses the natural beauty, more importantly, it is a sacred mountain of culture. Culture forges the spirit of a generation;

culture consolidates the strength to fight for progress. Zhang Guochen deeply loves his homeland. He is charmed by the mountains and streams of Songshan, and is obsessed with the culture of Songshan. His own words read "Strolling in Songshan, and studying Shaolin often give me full of joy. This is the magic of Songshan, and this is the influence of its culture." In some sense, this "30 Prose Works of Songshan" is an overall collection of Songshan Culture. The article "The Sacred and Mysterious Songshan" introduces the basic characteristics and development traces of Songshan culture in a systematic way, and naturally becomes a breakthrough for the study on culture of Central Plain. In the complex project of building the mechanism of Songshan culture, very well organized and convincing, Zhang Guochen's writing touches upon various areas such as Zen Buddhism, Taoism, Confucianism, astronomy, geography, architecture, martial arts, traditional Chinese medicine, economics, and so on. His writing fully demonstrates Zhang's solid literary skills and his unique academic insights as a cultural scholar.

Thirdly, the book encompasses superb artfulness. Indeed, prose writing has its own techniques such as "formless but well knitted", "delivery at will", and "free of formality", etc. Superficially, it seems that these are all requirements that can be easily met. The truth is, however, it is really rough to truly reach such stage. Songshan, in her thousands of millions of years' evolution and development, breeds her distinctive natural beauty and rich humanity and culture that are different from other well-known great mountains. Not surprisingly, writers in different times have produced lots of masterpieces, and thus in such a popular place, it is impossible to accomplish innovative and outstanding works without remarkable knowledge and literary skills. Zhang Guochen, the son of Songshan, prints his affectionate footsteps in every fold and site of Songshan, from his familiarity with all the peaks, streams, grasses and woods, and with his unique insight, he finds the miraculous and mysterious side of Songshan that people usually do not appreciate. This is the Songshan – his Songshan – that he sees and finds by his soul! Take his "The Song for Songshan" as an example: it contains both ancient and modern Chinese language, with succinct style and deep thoughts. Readers can have a taste of not only the brilliance of Fu in Han dynasty, but feel the broad and great mind of masters of Tang and Song dynasty. Another good illustration would be the article "Jingle Stream of Songshan", which greatly portrays the essence "formless but well knitted" of prose writing, is very much detail oriented, and is like a traditional Chinese painting. Moreover, the content of the article that consists legends and vivid characters that is so extensive and prevalent, are informative, rich and colorful. In addition, the most amazing part of this article is, through his description of springs and creeks, Guochen depicts the culture, the history, and the unstoppable strength of human fight for life. Zhang's language is well-deliberated, and the structure of the article is wittily designed. It is no doubt a beautifully written prose!

Fourth, the book has scientific regularity. Zhang Guochen is not only a scholar, a PhD, but also an excellent government official, a strategist, and a designer, as well. His study of Songshan is definitely not the kind that delves in the heap of musty old books and papers, or the kind that is shut inside the study room. His Songshan cultural study aims at scientific and regular findings that can be adopted for the time being to serve the people, and to serve the economical and cultural development of society. His writings, from the geological evolution to religion integration, and to the unification of martial arts and Zen Buddhism, can all be taken as the manifestation and justification of the guidance "to keep abreast with the times", and "scientific development". For instance, "Observing Shaolin Temple from the Perspective of Keeping Pace with the Times" demonstrates the notion that "As time going by, and as society develops, this is the era that calls for new interpretation of Zen Buddhism."; in the article "the Picture of Temple fair of Zhongyue - the memorandum of commodity economy development" articulates the unprecedented claims about the mingling between changes of religion and secularity; "Looking Dengfeng in the Rising of Central Plain"in the series "Observing the Development Strategy of Cultural Tourism in Central Plain Economic Zone from Dengfeng" takes a high stand point and uses spot-to-whole method to probe the phenomenon accurately, and is regarded as a quick and positive response to the construction of Central Plain Economic Zone and the building of Innovative Region for Hua Xia historical civilization heritage. It provides sound advice and suggestions for the great development and prosperity of the culture of Chinese Central Plain.

Fifth, the book has prominent innovation feature. There is no absolute rule for literature. Innovation is the tactic of success. The innovative feature of this book is reflected in the following aspects: First is the innovation on forms of articles. This book contains academic proses, philosophical proses, chronicle proses, and letters, which is highly dense and sparkles in their own merits respectively.

What highlights most is the fact that the writer breaks the outer layer that commonly bounds the writing, and uses the prose style to tackle academic and theoretical essays. This broadens the expression of prose writing, and is an innovation for academic and theoretical writing as well. Second is the innovation on subject matters. The contents of the book covers the red autumnal leaves of Songshan, the Buddhism pagoda of Shaolin, the rhythm of reading in Songyang Academy of Classical Learnings, and so on. All the sceneries, the natural beauty, and the customs of Songshan are included and depicted. Third is the innovation on the way of writing. This is demonstrated in this book's restructure and the framework of prose writing. For example, "Taking a Bird's Eye View at the Universe from Junji Peak", and "Huishan Temple in a Silent Place with Pines and Wind" narrates and comments at the same time with scenery description and a portrayal of personal feelings and emotions; "Shaoshi Que Gate with the Charm of Han Dynasty", and "All Kong Fu Come from Shaolin" possess the characteristics of both historical discussion essay and literature critics, which well demonstrates the concept of "no absolute rule for writing", and is a great liberation for prose writing ideology and strategic.

Sixth, the book has a documentary feature. Apart from the forgoing mentioned points, another attractiveness of this collection of prose works of Zhang Guochen lies in its on-the-spot recording characteristics. Take a general look at all the prose works in this book, you will see that they are all "non-fictions": from the cultural articles in the first chapter "the Center of Heaven and Earth is Confirmed in Dengfeng", to the beautifully written scenery or narrative essays in the second chapter "The Autumnal Leaves of Songshan are Surprisingly

Red", all the works are realistic documentation. In this book, the history is real history; the sceneries are real sceneries; people are real people; events are real events; and emotions are real emotions. Sources and records can be found for all cultural relics, allusion, and historical facts in this book. I have to say, therefore, this book can be appreciated not only as a collection of beautiful essays, but also as historical data. Particularly, the article "The Well Spring of Songshan", I read it as a record of Zhang's spring of life and stream of fate. I believe, no one would not be touched and deeply moved by the writer's unbelievable life experience and grow path reflected by his rough childhood, his hardship at school, his fighting against fate, and his iron-willed spirit. Take another look at the Third chapter of the book "Looking Dengfeng in the Rising of Central Plain, all the materials, the data, the statistics and the opinions in the article "Observing the Development Strategy of Cultural Tourism in Central Plain Economic Zone from Dengfeng" are the results of the writers long-term research and investigation, which are truly scientific and resourceful. How realistic it is! This pieces on the one hand, illustrates the spirit of "facts speaks louder and everything", and on the other hand, is an excellent prose with the support and justification of abundant real vivid facts as a record of life. It could have been a very boring report, but actually turns out to be an interesting prose with narration and discussion at the same time! How amazing!

All of the above are fully embodied in this collection of prose works. The writer, Mr. Zhang Guochen, the son of Songshan, is expressing the message of Songshan whole-heartedly. Open the book, read it, listen to it, hear the weighty but simple words from Zhang

Guochen and from Songshan, and feel the wisdom flows from it. If you really understand, you will be greatly benefited from it!

Songshan spread Jade Green. Words and ink flow fragrance. "30 Prose Works of Songshan" is a poetic clear spring that runs from the mysterious and sacred Songshan, and is a rainbow of thought that rises out of "Center of Heaven and Earth". Let us read it, appreciate it, respect it, and then, walk together into Songshan, into our home of the soul.

Zhang Xianming

Mar. 18, 2012, Zhengzhou

(Zhang Xianming is a senior reporter for Henan Daily, and a well-known poet and writer.)